Franzi Wolf

A Mordslust

Irgendwo im bayerischen Nirgendwo

Franzi Wolf

A Mordslust

Irgendwo im bayerischen Nirgendwo

SüdOst Verlag

Bibliografische Information der Deutschen Nationalbibliothek

Die Deutsche Nationalbibliothek verzeichnet diese Publikation in der Deutschen Nationalbibliografie; detaillierte bibliografische Daten sind im Internet über http://dnb.dnb.de abrufbar.
ISBN 978-3-86646-737-8

Ich möchte mich ganz herzlich bedanken bei Dr. Fiss et al. fürs herrlich amüsante Brainstormen als Vorbereitung auf das Schreiben von „A Mordslust – Irgendwo im bayerischen Nirgendwo", bei meinem Lektor Andreas Dick für die nicht nur guten, sondern auch berechtigten Einwände an der einen oder anderen Stelle und zu guter Letzt bei den Mitarbeiterinnen des SüdOst-Verlags für die tolle Zusammenarbeit. – Franzi Wolf

Alle Personen in „A Mordslust – Irgendwo im bayerischen Nirgendwo" sind frei erfunden.

1. Auflage 2019
ISBN 978-3-86646-737-8

www.battenberg-gietl.de

1. Kapitel

Eine Beerdigung, ein Pfarrer, eine Dorfgemeinde, ein Sauwetter irgendwo im bayerischen Nirgendwo. Beerdigt wird Xaver, der Depp des Dorfes. In der ersten Reihe der Trauergäste steht Susi und schnäuzt ihre bepuderte Nase in ein geblümtes Stofftaschentuch. „Der orme Xare", klagt sie, obwohl sie den armen Xaver so gut wie nicht kannte. Xaver hatte nämlich nur wenige Monate im Dorf gelebt und hieß eigentlich Taio (Geboren zum Glücklichsein). Sie, die Dorfbäckereifachverkäuferin und nah am Wasser gebaut, fragt sich plötzlich, warum sie überhaupt zur Beerdigung gekommen war, noch dazu bei diesem Sauwetter. Doch dann, als ob sie ein Weihnachtsbaum wäre, an dem die Lichter angehen, schaut sie zum Pfarrer und ihre Augen beginnen zu funkeln. Völlig unpassend, noch dazu bei einer Beerdigung. Aber *er* ist der Grund, warum Susi seit Wochen strahlt wie ein Honigkuchenpferd.

Schnell kramt Susi ihr Smartphone aus der Handtasche, schießt, so unauffällig wie möglich, ein Selfie und schaut sich das Bild an. „Naja", denkt sie, „i ho a scho bessa ausgschaut". Aber in Anbetracht des Umstandes, nämlich dass sie auf einer verregneten Beerdigung ist, drückt sie ein Auge zu. Man stelle sich vor, sie sähe blendend aus an diesem traurigen und trostlosen Nachmittag – was würde Pfarrer Anton von ihr denken?! Also setzt sie eine trauernde Miene auf, das kann sie gut, und nimmt jedes Wort, das der Geistliche von sich gibt, in sich auf: „Heute nehmen wir Abschied von unserem Bruder Xaver. Auch wenn Taio bei uns nur der Dorfdepp Xaver war, ich nehme an, weil er unsere Sprache nicht sprach und somit hie und da etwas langsam von Begriff war, was wiederum so interpretiert wurde, dass er nicht der Gescheiteste im Dorf ist, so hatte er bei uns doch ein Zuhause … Nun hat ihn unser Herrgott heimgeholt … Möge Xaver für immer in unseren Herzen bleiben …"

Rechts neben der Bäckersusi steht Elies, die mit ihrem taugenichtsigen Bruder das dorfeigene Bestattungsinstitut führt und somit von Berufs wegen auf jeder Beerdigung tanzt. Als sich die Bäckersusi in ihr geblümtes Stofftaschentuch schnäuzt, datscht[1] ihr die Elies mit dem linken Fuß auf ihren sauber geputzten rechten Ausgehschuh. „Au", entfährt es Susi einen Tick zu laut. „Ja was Au!?", antwortet die Elies pampig und zieht das *Au* spöttisch in die Länge. „Mir san hier af a Beerdigung und du schneizt di wira Elefant, des geht feint ned", fährt sie in anklagendem Ton fort.

Aber wie schon gesagt, schwebt Susi (in Gedanken mit dem Pfarrer) auf Wolke sieben und kramt den barschen Vorfall mit der Elies in ihren schmucken Hinterkopf. Sie trägt ihre goldene Lockenpracht zu einem Dutt, den goldene Spangen zusammenhalten. Allgemein sieht die Susi, die immer eher unscheinbar war, seit Wochen ausgesprochen gut aus. Sie blüht geradezu auf.

Das ist auch dem Bürgermeister nicht entgangen. Er steht links neben der Susi und legt ihr seinen rechten Arm tröstend um die Schultern. Als Dorfoberhaupt darf er das, die Bäckersusi und die anderen sind doch seine Schäflein. So steht die Bäckersusi neben der barschen Elies, die eigentlich gar nicht barsch ist, und dem fürsorglichen Bürgermeister, der eigentlich gar nicht fürsorglich ist, in der ersten Reihe der Trauergäste und hängt an den Lippen des Pfarrers, als ob ihr Leben davon abhinge.

Und vorne steht der Pfarrer, der seit Wochen nicht in Form ist. Ständig verredet er sich, ständig errötet er bei der Zahl sechs, ständig ist er in Eile, wenn man ihm im Dorf begegnet und mit ihm ratschen[2] will. So, als ob er etwas zu verheimlichen hätte.

---

1 tritt

2 plauschen

Zwei weitere, die an dieser Stelle nicht unerwähnt bleiben sollen, sind Lukas, wie der Verfasser des Lukasevangeliums und der Apostelgeschichte im Neuen Testament und Sohn des Bürgermeisters, und der fesche Polizeihauptkommissar namens Hubsi[3].

Doch nun zurück zu unserer verregneten Beerdigung irgendwo im bayerischen Nirgendwo. Als der Pfarrer seine, wenn auch nicht fehlerfrei vorgetragene, dafür mit umso mehr Bedacht vorbereitete Grabrede beendet hat, gibt er den Ministranten Josef I und Josef II das Zeichen, ihm die Urne mit den Überresten des Dorfdepps Xaver zu überreichen.

Josef I und Josef II, beide recht beflissen, beide recht behäbig, schreiten so anmutig, wie es der vom Regen aufgeweichte Weg erlaubt, zum Pfarrer. In ihren Händen halten sie, die aussehen wie Dick und Doof, die Urne mit den Überresten des verstorbenen Dorfdepps Xaver. Sie verkörpern eine Gottesehrfurcht, wie man sie nur mehr selten erlebt. Im langsam getakteten Gleichschritt links, rechts, links, rechts schreiten sie zu dem gähnenden Loch in der Erde, in das die Urne hinabgelassen werden soll. Der Pfarrer wartet bereits mit ausgebreiteten Armen, um Xaver seinen letzten Segen zu erteilen. Doch dann, urplötzlich, rutscht Josef II aus, ruft lautstark „Scheiße" und fällt mit vor Entsetzen geweiteten Augen wie ein nasser Sack und mit dem Gesicht voran zu Boden. Sein Reflex ist einzig und allein auf die Urne gerichtet, die er geistesgegenwärtig Josef I zuwirft. Doch dem ist das alles viel zu spontan, so sehr ist er mit seiner Ehrfurcht beschäftigt – mit der Folge, dass die Urne zu Boden fällt und zerbricht.

Der trauernden Dorfgemeinschaft, vor deren Augen sich das Drama quasi in Zeitlupe abgespielt hat, entfährt ein kollektives „Aaaahhh" und zwei Sekunden später ein kollektives: „Ui, was is denn des?"

3 Hubert

„Ui, was is denn des? Des is a Plastikglumpn[4], ihr Deppn! Oaner bleder als der andere“, ruft die barfüßige alte Anni in ihrem inzwischen klatschnassen Nachthemd. Die betagte Dame büchst regelmäßig aus dem Altenheim ein Dorf weiter aus, um keine Beerdigung zu verpassen. Bis vor wenigen Tagen war sie so gut wie immer in Begleitung der alten Heide, einer Komplizin aus dem Altenheim. Mit ihr trieb sie so einigen flätigen und unflätigen Schabernack. Mit der alten Heide hatte sie auch die Aufgabe der Klagefrauen übernommen und heulte auf allen Beerdigungen – im Austausch zu jeweils zwei Flachmannladungen Rum – Rotz und Wasser.

Die Beerdigung von Xaver ist die erste, die sie nun allein durchstehen muss. Es ist also anzunehmen, dass die barfüßige alte Anni in ihrem klatschnassen Nachthemd aufgrund ihres emotionalen Ausnahmezustands eskaliert. Wie gut, dass der Polizeihauptkommissar den Ernst der Lage erkennt, sich der betagten Dame langsam nähert, sie schließlich fürsorglich am Arm fasst und unter den neugierigen Blicken der Dorfgemeinschaft zum Friedhofsausgang geleitet.

Und siehe da, es geht gut weiter: Denn just in dem Moment, als die beiden den Friedhofsausgang erreichen, fährt ein verdunkeltes Auto vor. Der PHK, also der Polizeihauptkommissar, steuert mit der inzwischen bis auf die Knochen nassen alten Anni, die der „dummen Bagage“ (O-Ton alte Anni) noch schnell einen krummen Mittelfinger zeigt, wie selbstverständlich auf den Wagen zu, bugsiert sie auf die Rückbank und steigt vorne ein. Kaum, dass der PHK und die alte Anni im Auto sitzen, rast der BMW, ein schneidiger X6, mit quietschenden Reifen davon, sodass die Beerdigung fortgesetzt werden kann.

„Des is etz oba guad ausganga“, flüstert die Bäckersusi dem Bürgermeister zu. Der jedoch reagiert nicht. Stattdessen schaut er entsetzt zu der zerbrochenen Urne beziehungsweise auf das, was die Ur-

---

4 Klumpen

ne zum Vorschein gebracht hat: nämlich einen Plastikklumpen. „I hos vo Anfang o gwisst, dass de anders san als mia", raunt er der Bäckersusi zu. Die anderen, das sind die acht Flüchtlinge, die seit ein paar Monaten im Dorf leben – in einem alten, bruchfälligen, maroden Haus, das dem Bauunternehmer Gebhard Frank, ausgesprochen Gebhard Fränk mit langem Ä, gehört. Eigentlich eine Schande, dass er für die Unterbringung der Flüchtlinge aus Afrika in einem alten, bruchfälligen und maroden Haus Geld bekommt. Aber irgendwo im bayerischen Nirgendwo hat er einen Nimbus als Wohltäter. Als schlauer Wohltäter wohlgemerkt. Und so schreit der Gebhard Fränk schlau wie ein Fuchs: „Do is wos faul an der Gschicht!" Genau, voll faul. Aber nur was?

Mit aufrechtem Gang, Schultern nach hinten, Brust raus, schreitet der Gebhard Fränk zu dem Plastikklumpen, hebt ihn auf und in die Höhe und sagt: „Des, ihr bravn Leit, san koane Knochn, des derfz ma glaubn." Der Pfarrer, der inzwischen aus seiner Schockstarre erwacht ist, geht hinüber zum Gebhard Fränk und will ihm den Klumpen aus der Hand nehmen. Aber Fränk denkt gar nicht daran, ihm den Klumpen zu überlassen. Mit dem sicheren Instinkt eines Bluthundes hat er die Fährte eines Verbrechens aufgenommen. Diesen Geniestreich möchte er für sich verbuchen. Der Pfarrer wiederum denkt gar nicht daran, die Beerdigung zu unterbrechen. Er will den Plastikklumpen endlich unter die Erde bringen, so schnell wie möglich. Und basta. Jetzt haben wir einen waschechten Konflikt. Der eine will, der andere denkt gar nicht daran.

Die Bäckersusi, die die Ausweglosigkeit des Geschehens erkennt, fasst sich ein Herz und bahnt sich mit ihren verdreckten schwarzen Ausgehschuhen und goldenem Dutt einen Weg durch den matschigen Schlamm. „Etz herts oba mol af, des is ja a Schand, was es da dreibts", schimpft sie. Der Pfarrer kann der Bäckersusi nicht in die Augen schauen. Aber man kann, sofern man es kann, beobachten, wie er anfängt, die Situation zu reflektieren. Ganz anders Gebhard Fränk. Gebhard Fränk hat immer Recht, das ist ein Naturgesetz. Und deshalb sagt er: „Zupf di Susi, sonst foit da Watschnbaam um[5].“ Das wiederum passt dem Bürgermeister nicht. Er will doch als Held der Gemeinde dastehen. Und dazu gehört auch, sich um seine Schäflein zu kümmern.

Deshalb stiefelt[6] nun auch der Bürgermeister zu den Streithähnen, packt den Gebhard Fränk am Schlawittl[7] und sagt: „Etz is oba Schluss mit lustig. Schmeiß den Glumpn ins Grob und a Ruah is.“ Das schmeckt dem Gebhard Fränk natürlich gar nicht. Seit Jahren macht er die besten Geschäfte mit dem Bürgermeister beziehungsweise dank dem Bürgermeister. Und nun fällt ihm dieser in den Rücken. Das geht ihm definitiv zu weit. Zuerst die dumme Bäckersusi, dann sein bester Spezl[8]. In seiner Wut packt er den Bürgermeister mit seiner rechten Hand am Schlawittl seines nassen Hemdes und schaut ihm zornig ins Gesicht. Normalerweise reicht das aus, um andere zur Vernunft zu bringen. Doch was ist an diesem Nachmittag schon normal? Gar nichts. Und deshalb packt Susi ihrerseits den Gebhard Fränk am Schlawittl und blickt ihm zornig ins Gesicht.

In der Zwischenzeit ist bei der Gruppe Flüchtlinge Unruhe ausgebrochen. Sie sind mit der Art und Weise, wie Menschen irgendwo im bayerischen Nirgendwo beerdigt werden, nicht vertraut. Aber dass bei dem ganzen Procedere etwas nicht stimmt, ist ihnen klar. Und als der Gebhard Fränk nun seinerseits die Bäckersusi packt, reicht es den sieben Afrikanern. Wie auf Kommando stürmen sie nach vorne und versuchen, dem Gebhard Fränk den Plastikklumpen und die Bäckersusi aus den Händen zu reißen. Als das nicht gelingt, fällt der erste Faustschlag. Er verfehlt sein Ziel. Statt einem der Afrikaner eins auf

---

5 „Verschwinde Susi, sonst setzt es einen heißen Satz Ohren.“

6 schreitet

7 Kragen

8 Freund

die Mütze zu geben, langt[9] der Gebhard Fränk der Bäckersusi dermaßen eine, dass ihr ganz schwindlig wird. Jetzt reicht es dem Bürgermeister endgültig. Freundschaft hin oder her. Aber eines seiner Schäflein zu schlagen, das geht ihm zu weit. Er holt aus und will dem Gebhard Fränk so richtig eine betonieren. Erwischt aber den Pfarrer, der sich inzwischen seinerseits eingemischt hat. Und so geht das weiter. Ein Faustschlag folgt dem anderen und statt einer Beerdigung gibt es eine riesen Rauferei, wie sie das Dorf noch nicht erlebt hat.

9 schlägt

2. Kapitel

Ein paar Wochen vorher. Der Pfarrer sitzt im Pfarrhaus an seinem Schreibtisch und will die Predigt für Sonntag vorbereiten. Aber er kann sich nicht konzentrieren. Seine Gedanken kreisen ständig um Susi. Nicht um die Bäckersusi, sondern um seine Susi. Seit Jahren hat er so etwas wie eine Liebesbeziehung zu seiner Susi, aber damit muss jetzt Schluss sein. Er ist ein Mann Gottes und ein Mann Gottes hat den fleischlichen Versuchungen zu widerstehen. Wenn er nur gewusst hätte, wie schwer es ist, immer nur in Liebe zu Gott zu leben, dann hätte er sich vor zwanzig Jahren anders entschieden. Aber er ist ein treuer Mensch, ein treuer Pfarrer, ein treuer Seelsorger. Und deshalb muss er Schluss machen mit der Lüge. Ein für alle Mal.

Es klopft an seiner Bürotür und Gertrud, kurz Trudi, die Pfarrhaushälterin, bringt ihm sein Essen. Sie weiß ganz genau, wann der Pfarrer sein Essen lieber allein in seinem kleinen Büro einnehmen will. Heute ist das der Fall. Deshalb stellt sie ihm den vollen Teller und ein Besteck auf den Schreibtisch und sagt: „An Guadn!“ Der Pfarrer nickt ihr freundlich zu, bringt aber keinen Ton heraus, sein schlechtes Gewissen drückt ihm die Kehle zu. Trudi merkt, dass dem Pfarrer nicht nach Sprechen zumute ist. Deshalb packt sie ihre 69 Jahre und geht leise aus dem Zimmer. Zugegebenermaßen ein wenig enttäuscht, weil sie dem Pfarrer sein Lieblingsessen, Rindfleisch mit Meerrettichsoße und Frühlingskartoffeln, zubereitet und er ihr nicht einmal gedankt hat. Aber sie kennt ihn als liebenswerten und besonnenen Menschen und weiß, dass ihn wirklich großer Kummer befallen haben muss, wenn er nicht einmal in der Lage ist zu danken. Das macht sie wiederum neugierig. Was treibt ihn um? Sie macht auf dem Treppenabsatz kehrt, geht zurück zum Büro des Pfarrers, öffnet leise die Tür, steckt ihren grauen Kopf hinein und fragt: „Ois in Ordnung?“ „Ja, ja, Trudi, alles gut“, gibt ihr der Pfarrer, der aus dem hohen Norden stammt und aussieht wie ein Wikinger, zur Antwort. Man stelle sich vor: Ein saupreißiger[10] Wikinger irgendwo im bayerischen Nirgendwo.

Der Pfarrer schiebt den Teller zur Seite und legt den Kopf in die Hände. Was hatte er nur getan? Wie hatte er das Zölibat nur brechen können? Er ist ganz wirr im Kopf, so sehr plagt ihn seine Unzucht. Er steht auf und rauft sich die Haare, während er von einem Zimmereck zum anderen tigert. Ihm wird ganz heiß vom ständigen Hin und Her, deshalb reißt er sich sein schwarzes Gewand vom Leib, öffnet das Fenster und schnauft die noch kühle Frühlingsluft ein. „Was bin ich doch nur für ein Narr", scheltet er sich. Verzweifelt blickt er zum Himmel, um Gottvater um Verzeihung zu bitten. Und siehe da, plötzlich fliegt ein kleiner Spatz ans Fenster, lässt sich fröhlich zwitschernd auf dem Fensterbrett nieder und schaut den Pfarrer keck an. „Ob *er* ihn wohl geschickt hat?", fragt er sich. Als das Vögelchen noch einmal zwitschert, und zwar so, dass man mit viel gutem Willen und schlechtem Gewissen ein „Ja" interpretieren könnte, fällt dem Pfarrer ein Stein vom Herzen. Gott hat ihm einen Boten gesandt und offensichtlich verziehen. Er könnte vor Freude in die Luft springen, so erleichtert ist er. Die Last der Unzucht fällt von ihm ab.

Beseelt setzt sich der Geistliche zurück an den Schreibtisch, packt Messer und Gabel aus der Serviette, schneidet ein Stück Fleisch ab und schiebt es sich in den Mund. Wie köstlich es doch schmeckt. Voller Genuss kaut er und dankt *ihm* für die göttliche Speise. Plötzlich aber hält er in seinem Kauen inne. Er hat, wie man so schön sagt, einen Geistesblitz: „Die Susi muss weg!"

Nachdem er sich seinen Geistesblitz sauber notiert hat, und zwar auf einem kleinen Zettel, den er umgehend in seiner Hosentasche verschwinden lässt, geht es ihm einwandfrei. Er würde sein altes, sündenfreies Leben wieder aufnehmen.

---

10 Steigerungsform vom Schimpfwort Preiß

Die Gabel in der linken, das Messer in der rechten Hand macht sich der Pfarrer dann wieder über seinen Teller her. Es schmeckt ihm so gut, dass er die Pfarrhaushälterin im Erdgeschoss via Haustelefon anruft und um eine zweite Portion bittet. Seiner Bitte kommt Trudi liebend gerne nach. Sie mag es, wenn sie den Pfarrer verwöhnen kann.

Nach dem Festmahl legt sich der Pfarrer nieder. Er schläft sofort ein und träumt ganz wilde Sachen. Mal liegt die Susi unter ihm, mal auf ihm, mal sitzt sie ihm in neckischer Hausfrauenschürze und gespreizten Beinen gegenüber, dann wieder kniet sie mit entblößtem Hinterteil vor ihm und lächelt ihm lüstern zu. Das lüsterne Lächeln reißt den Pfarrer aus dem Schlaf. Mit einer abrupten Bewegung fasst der Pfarrer unter sein Bett und zieht einen Koffer mit Zahlenschloss hervor. Er ist so erregt, dass er zwei Anläufe braucht, um die Zahlenkombination einzugeben: 6 – 6 – 6. Nicht gerade originell, aber wie heißt es so schön: Nomen est omen. Sex – Sex – Sex. Mit einem Klack geht der Koffer auf wie die Büchse der Pandora und zum Vorschein kommt seine Susi. Sie sieht recht verknautscht aus, so ohne Luft und Leben. Deshalb führt der Pfarrer seinen Mund zu dem Ventil, das sich auf der rechten Brust seiner Susi befindet, quasi als Brustwarzenersatz, und fängt an zu pusten. Je länger er pustet, desto erregter wird er. In seiner Hose erwacht das Leben und am liebsten würde er frohlocken, so glücklich ist er. Nur mehr wenige Puster und dann kann's losgehen. Doch halt, er hat ja geschworen, die Susi nicht mehr anzufassen. Was nun? „Nur mehr ein allerallerallerletztes Mal", adressiert er entschuldigend an Gott. Und schon rappelt's im Karton.

Der Akt dauert nicht lange. Kaum, dass er der Susi die Beine gespreizt hat und in sie gedrungen ist, explodiert er. Ekstatisch schreit er ein Halleluja, hält dann einige Sekunden inne und lässt sich schließlich zufrieden neben seiner Susi nieder. Liebevoll streicht er ihr über die strohblonden Haare, die angeblich echt sind. „Ach Susi, was täte ich nur ohne dich?", raunt er ihr ins Ohr. Doch Susi antwortet nicht. Sie antwortet nie. Wut macht sich im Pfarrer breit. Susi kann wirklich alles, nur nicht sprechen. „Warum antwortest du nicht, du dumme Gans?", schreit er Susi an. Er richtet sich auf und blickt ihr geradewegs in die Augen. Nichts. Da ist rein gar nichts, was sie ihm zu sagen hätte. Einfach nur ein ausdrucksloses Goaßgschau[11], wie man in Bayern so schön sagt.

Plötzlich findet der Pfarrer seine Susi nur mehr widerlich. Er hat sie so satt. Sie, ihr Goaßgschau und ihren Geruch nach Gummi. Es wäre ihm tausend Mal lieber gewesen, sie stinke nach Schweiß anstatt nach Gummi. Dann hätte er den Beweis, dass er normal ist. Dass er auch nur ein Mann ist, der nach Befriedigung sucht. Aber seine Susi kann ihm den Beweis nicht liefern, hatte es noch nie können. Und deshalb muss sie weg.

Doch ganz so lieblos will sich der Pfarrer seiner Susi auch nicht entledigen. Denn wenngleich sein Verstand ihm sagt, dass die Susi nur eine leblose, geile Gummipuppe ist, so hat er mit ihr in den letzten Jahren viele schöne Momente erlebt. Das verbindet. Sie nun einfach wegwerfen wie einen abgenutzten Gegenstand, kommt für ihn deshalb nicht in Frage. Wenn schon die Ehre weg ist, dann hat er zumindest den Anstand, seine langjährige Geliebte würdevoll zu verabschieden.

Schnell macht er seine Susi sauber und legt ihr ein Unterkleid an. Dann ruft er nach Trudi und bittet sie, die Susi fertig zu machen. „Oba etz hama ja no gar ned Mariä Himmelfahrt", antwortet Trudi erstaunt. „Trudi, das ist richtig. Aber die Susi braucht ein bisschen frische Luft, nicht wahr?!", antwortet der Pfarrer. „Etz is a völlig übagschnappt[12]", denkt Trudi. Aber weil sie von klein auf gewohnt ist, keine Fragen zu stellen, geschweige denn, Geistliche zu hinterfragen, kommt sie der Bitte des Pfarrers nach. Sie kleidet Susi in ihr Festtagsgewand, kämmt ihr die Haare und trägt ihr einen Lippenstift auf. Einen knallroten.

11 Ziegengesicht

12 Jetzt dreht er völlig durch

Zum Schluss kommt noch der Heiligenschein, den sie selbst gebastelt hat. „Mei, etz schauts oba aus wiad' Maria höchstselbst, ned wahr?", sagt Trudi voller Stolz und Ehrfurcht. Und tatsächlich sah Susi nie besser aus. Vor allem der knallrote Lippenstift steht ihr ausgesprochen gut.

Man soll aufhören, wenn es am schönsten ist, denkt sich der Pfarrer, packt die Susi, dankt der Trudi, rennt behände die Treppe hinunter und zum Holzschuppen, wo sein Fahrrad steht. Schnell befestigt er einen Anhänger an seinem neuen E-Bike, in den Anhänger wiederum die Susi und fährt los, als ob der Teufel hinter ihm her wäre. Er will die Sache so schnell wie möglich hinter sich bringen. Er wählt Wege, auf denen er sicher sein kann, dass er niemandem begegnet. „Mit Gottes Hilfe wird alles gut", wiederholt er ein ums andere Mal. Und je länger er wie wild in die Pedale tritt und sein Mantra spricht, desto mehr verfällt er in einen Trance-ähnlichen Zustand. Auf der Welt gibt es nur mehr ihn, Susi, sein E-Bike und die Schöpfung. Amen.

Aber es gibt noch mehr. Allen voran die Bäckersusi, die sich bei ihrer letzten Beichte unsterblich verliebt hat. Und zwar in den Pfarrer. Er war so mitfühlend, als sie ihm erzählt hat, dass es sie ständig zwischen den Beinen juckt. „Und des is ned desweng, dass i mi ned woschn dad", fasste die Bäckersusi bei ihrer Beichte zusammen. „Das kann ich gut nachfühlen", sagte der Pfarrer unbedacht und korrigierte sich umgehend: „Also, ich meine, äh, ich kann gut nachfühlen beziehungsweise glaube dir, dass du regelmäßige Körperhygiene betreibst." „Na, i betreib koa Körperhyäne, i masturbier", erklärte Susi aufrichtig. „Hygiene, nicht Hyäne", korrigierte der Pfarrer verlegen. „Des is ja a echt wurscht, Hygiene oder Hyäne. Fakt is, dass i bald narrisch werd, wenn i koan Mo find", resümierte Susi. „Susi, ich bete für dich, auf dass du von diesem schrecklichen Verlangen befreit wirst." Mit diesen Worten entließ der Pfarrer die Bäckersusi aus dem Beichtstuhl, ohne ihr, wie üblich, zwanzig Vaterunser aufzutragen.

Der Pfarrer konnte sich ihre Beichte nicht länger anhören, zu sehr erinnerte sie ihn an sein permanentes Jucken im Schritt. Die Bäckersusi wiederum, die nicht schlau ist im traditionellen Sinn, jedoch über einen siebten Sinn verfügt, spürte sofort, dass sie mit dem Pfarrer in einem Boot sitzt. „Worum sollt ma uns 's Lebn ned gegenseitig erleichtern?", dachte sie. Und schon hatte sie sich verliebt. Von einer Sekunde auf die andere. Und zwar so sehr, dass sie den Pfarrer seither in jeder freien Minute heimlich auf Schritt und Tritt folgt. Noch vor wenigen Wochen war es der PHK, den sie durch ihr Fernrohr hindurch im Visier hatte und der Dorfgemeinde versichern konnte, dass er alles war, nur nicht schwul. Nun ist es der Pfarrer, dessen Leben sie eingehend studiert. Allerdings diesmal mit einem anderen Ziel: Anders als beim PHK, dem sie mehr aus Neugier und Langeweile observiert hat, will sie den Pfarrer für sich gewinnen, um jeden Preis.

Als die Bäckersusi dem Pfarrer folgt, kommt sie mächtig ins Schwitzen. Schon nach wenigen Kilometern über Stock und Stein klebt ihre Schweiß-getränkte Bluse an ihrem Körper. Da sie keinen BH über ihrem mächtigen D-Busen trägt, zeichnen sich ihre Brustwarzen unsittlich ab. Sie schaut an ihrem Körper hinunter und erschrickt. „Wos, wenn da Pfarra mi so sight?", denkt sie. Doch dann ruft sie sich das Beichtgespräch mit dem Pfarrer wenige Wochen zuvor in Erinnerung und es wird ihr klar, dass ihm ihr verschwitztes Outfit gefallen würde. Beseelt von diesem Gedanken fährt sie weiter und reibt ihre Scham am Fahrradsitz. Sie stellt sich dabei vor, dass sie auf dem Pfarrer sitzt. Zuerst reitet sie ihn sanft mit einem rhythmischen Schwung ihrer ausladenden Hüften. Dann werden ihre Bewegungen intensiver. Dem schwungvollen Rhythmus folgt ein schnelles Rauf und Runter, Rauf und Runter, bis sie plötzlich, wie aus dem Nichts, von einem Beben zwischen ihren Beinen erfasst wird, dass sie vor Wollust schreit. Zum ersten Mal in ihrem Leben hat sie einen Orgasmus. Und der ist so gewaltig, dass sie die Verfolgung des Pfarrers kurzzeitig unterbrechen muss, um sich zu sammeln. Schnell zieht sie ihre kurze Hose und ihr rosa Unterhöschen aus und setzt sich mit nacktem Unterkörper auf einen mit Moos bewachsenen Baumstumpf, um die Kühle der Pflanze in sich aufzunehmen. „Ah, duad des guad", stöhnt sie erleichtert.

Stundenlang könnte Susi so dasitzen, so wohlig kühl fühlt sich das Moos zwischen ihren Beinen an. Doch plötzlich wird sie aus ihren Gedanken gerissen. Sie meint, Rascheln im Unterholz gehört zu haben. Panisch dreht sie sich zu allen Seiten um, kann aber niemanden ausmachen. „Massl[13] ghabt", denkt sie sich und zieht ihr rosa Unterhöschen und ihre Shorts wieder an. Was war nur in sie gefahren? Sie, die Bäckersusi, die immer anständig gewesen war. Und nun sitzt sie mit entblößtem Unterleib auf einem mit Moos bewachsenen Baumstamm. „Susi, Susi", tadelt sie sich, setzt sich aufs Fahrrad und folgt dem Weg, auf dem sie gekommen war. Dass sie den Pfarrer zwischenzeitlich aus den Augen verloren hat, spielt im Moment keine Rolle. Sie will nur schnellstmöglich zum Regen, um sich ihre Unzucht abzuwaschen.

Beseelt kommt der Pfarrer am Regen an. Am liebsten wäre er noch stundenlang weitergeradelt, so glückselig ist er. Doch er muss sich seiner Susi entledigen, und zwar schnell. Zu groß ist ihre Anziehungskraft. Wie ein Sog, der ihn in Tiefen hinabreißt, aus denen es kein Entrinnen mehr gibt. Dieser Gedanke macht ihn wieder wütend. Wütend auf die versaute Susi, wütend auf sich selbst, weil er sich von Susi so manipulieren lässt. Anstatt sich, wie ursprünglich geplant, von seiner langjährigen Gespielin liebevoll zu verabschieden, hebt er Susi aus dem Anhänger, packt sie am Schopf und gibt ihr erst einmal eine saftige Bockfotzn[14]. „Du hast mich verführt, du verdorbenes Luder", klagt er sie an und gibt ihr gleich die nächste Bockfotzn. Als Susi nicht reagiert, was ja logisch ist, da sie eine Gummipuppe ist, wird er noch wütender. „Du bist so gefühlskalt und verdorben und deshalb ist jetzt ein für alle Mal Schluss", wütet er sich in Rage.

Wie wild irrt er mit seiner Susi unterm Arm am Regenufer umher und hält Ausschau nach einem großen Stein. Als er einen passenden

13 Glück

14 Ohrfeige

gefunden hat, läuft er zurück zum Anhänger, um sich das Seil, mit dem er Susi im Anhänger festgebunden hatte, zu holen. Ein Seilende befestigt er an dem Stein, der Gott sei Dank recht griffig ist, das andere bindet er um Susis linken Fuß.

„So, meine Liebe, leb wohl“, verabschiedet sich der Pfarrer kühl, packt den Stein samt Susi und wirft beide ins Wasser. Mit einem lauten Platsch schlägt der Stein auf der Wasseroberfläche auf und geht unter – ohne jegliches Blubb, Blubb, Blubb. „Endlich ist es vollbracht“, denkt der Pfarrer erleichtert. Doch er hat die Rechnung ohne Susi gemacht. Susi will nämlich partout nicht untergehen. „Du Mistmatz[15], du durchtriebene“, flucht der Pfarrer, ausnahmsweise mal auf Bairisch. „Jetzt gehe endlich unter“, schickt er einen Befehl hinterher. Aber Susi denkt gar nicht daran unterzugehen. Mit ihren blonden, vom Regen aufgefächerten Haaren liegt sie mit gespreizten Beinen in der Strömung des Regens und scheint ihr Dasein zu genießen.

Das geht dem Pfarrer definitiv zu weit. „Mistmatz, Mistmatz, Mistmatz“, wütet er aufgebracht am Ufer. Gleichzeitig ergreifen ihn Furcht und ein unendliches Schamgefühl. Er hatte sich versündigt und bekam nun seine Strafe, dessen ist er sich sicher. Wie hatte er sich auch nur auf eine wie die Susi einlassen können?! Bei Frauen wie diesen war Verderben vorprogrammiert.

„Wenn mich jetzt jemand sieht, ist es aus mit mir“, wird dem Pfarrer klar. Das muss er um jeden Preis verhindern. Er bückt sich, hebt einen spitzen Stein auf und schleudert ihn wütend in Richtung Susi. Mist, sein Wurf geht voll daneben. Sofort hebt er einen zweiten Stein auf und wirft auch diesen. Aber auch dieser verfehlt sein Ziel. Es fliegen noch mindestens zehn weitere Steine hinterher, aber alle Würfe bleiben erfolglos.

Nachdem weder Plan A noch Plan B zum Ziel geführt haben, denkt er sich Plan C aus. Schnell zieht sich der Pfarrer bis auf die Unterhose

---

15 liederliches Frauenzimmer

aus, kramt aus seinem Fahrradreparaturset ein Multitool und springt todesmutig in den Regen. Das Wasser ist eiskalt und dem Pfarrer bleibt im ersten Moment die Luft weg. Wie ein Fisch an Land japst er nach Luft. „Was mache ich hier nur“, beginnt er zu jammern, „ich wollte doch wieder zurück auf den Pfad der Tugend. Gott, warum bestrafst du mich so?“ In diesem Moment schiebt sich eine dunkle Wolke vor die Sonne, sodass den Pfarrer noch mehr friert. Ein eindeutiges Zeichen.

„Jetzt oder nie“, beschließt er und beginnt, wie wild zu kraulen. Es bereitet ihm einige Mühe, Kurs auf Susi zu halten. Schließlich ist er Pfarrer und kein Schwimmer.

Dann, endlich, nach einer gefühlten eiskalten Ewigkeit, hat er sie erreicht. Er fächert das Multitool auf und beginnt, wie ein Wilder auf Susi einzustechen. „Das bekommst du, und das, und auch das noch, du Mistmatz“, schreit er wie von Sinnen. Und endlich, nach einer gefühlten Ewigkeit, kommt das langersehnte Zschschschschsch … und Susi geht unter.

Der Bäckersusi entfährt ein Schrei. Schnell drückt sie ihre rechte Hand auf den Mund, so groß ist ihre Angst, dass ihr noch ein weiterer Schrei entfahren könnte. Sie kann nicht glauben, was sie gerade gesehen hat: „Des derf doch ned wohr sa?!“, flüstert sie. Doch sie hat ganz recht gesehen: Der Pfarrer ist ein Frauenmörder. „Sapperlot[16]!“, denkt sie entsetzt. Die Bäckersusi muss sich hinsetzen, viel zu wild schwirren ihre Gedanken wie Bienen in ihrem Kopf herum. Wieder und wieder taucht die grausame Mordszene vor ihrem geistigen Auge auf. Ihr erster Impuls rät ihr, zum Polizeihauptkommissar zu gehen und den Mord zu melden. Dem ersten Impuls folgt ein zweiter: „Dann sigh i den Pforra nimmer wieda.“ Und dieses Szenario erschreckt die Bäckersusi mehr als alles andere. Und damit auch mehr als sein vermeintlicher Mord. Sie rauft sich die Haare, als ob das beim Denken

16 zum Henker

helfen würde. Aber offensichtlich hilft es wirklich, denn der Bäckersusi kommt ein brillanter Gedanke: „Etz hob i erm in da Hond." Nicht schlecht Susi, wirklich nicht schlecht.

Auf der anderen Seite des Flussufers, das deutlich abschüssiger zum Regen führt, rauft sich eine andere die Haare, und zwar die Frau des Bürgermeisters. Seit Monaten geht sie tagein, tagaus durch den Wald spazieren in der Hoffnung, eine Lösung ihres Problems zu finden. Nach nunmehr 25 Jahren liebloser Ehe will sie den Bürgermeister verlassen. Sie weiß nur nicht wie. Aber als sie den Pfarrer dabei beobachtet, wie er eine junge, hübsche, blonde Frau im Regen ertränkt, kommt ihr der Gedanke, dass sie das Opfer sein könnte. Auch sie ist hübsch und blond, und beim Alter könnte man ja schwindeln, nicht wahr?!

Dass ausgerechnet ein vermeintlicher Mord die Lösung ihres tristen Lebens an der Seite eines nicht gerade hellen, dafür umso machthungrigeren Bürgermeisters sein würde, damit hatte sie nie und nimmer gerechnet. Aber warum die einmalige Chance nicht beim Schopfe packen?! Und selbst wenn die andere, die grausam erschlagen und ertränkt wurde, gefunden werden sollte, wäre es nur naheliegend, dass der Pfarrer auch sie auf dem Gewissen hat. Ob ein Mord oder zwei, was spielt das für eine Rolle?! Hinter Gitter wird er sowieso wandern.

Ihre Verzweiflung macht purer Erleichterung Platz. Dass sie nun nicht mehr nach Hause gehen und das Nötigste zusammenpacken kann, um dann spurlos zu verschwinden, ist ihr egal. „Hauptsache weg! Ois andre wird si scho fina", sagt sie sich. Daraufhin entfernt sich Anna, so heißt die Frau des Bürgermeisters, so leise wie möglich von ihrem Beobachtungsposten. Als sie sicher ist, außer Hör- und Sichtweite zu sein, kramt sie ihr Smartphone aus der Tasche und ruft ihr Gspusi[17] an: „Kumm schnell zur Hüttn im Woid, i geh nimma hoam."

---

17 Geliebter

3. Kapitel

Die ganze Nacht hat die Bäckersusi kein Auge zugetan. Immer wieder muss sie an die blonde Frau denken, die der Pfarrer im Regen ertränkt hat. Kaltblütig und heroisch zugleich. Wie sie es schafft, das kaltblütig auszublenden und sich fortan nur mehr auf das heroisch zu konzentrieren, ist und bleibt ein Rätsel. Aber es gelingt ihr. Und das Wissen, dass sie ihn nun in der Hand hat, verstärkt ihr Verliebtheitsgefühl.

Sie liegt im Bett und lässt den Vortag Revue passieren. Plötzlich wird ihr ganz heiß. Der Orgasmus, den sie tags zuvor im Wald hatte, hallt immer noch nach. Sie braucht nur an ihren Fahrradsitz und den mit Moos bewachsenen Baumstumpf zu denken, schon lodert es erneut zwischen ihren Beinen.

Sie legt sich auf den Rücken, wirft die Bettdecke zur Seite, zieht ihr Nachthemd nach oben, spreizt die Beine und stellt sich vor, wie der Pfarrer mit seiner göttlichen Männlichkeit in sie eindringt. Sofort steigt ihr die Schamesröte ins Gesicht. „Göttliche Männlichkeit, mei Susi, du durchdrims Luada[18]“, scheltet sie sich. Doch die Erregung, die sie empfindet, ist so stark, dass sie sie nicht mehr stoppen kann. Sie fasst sich zwischen die Beine und fängt an, ihre Muschi zu massieren. Dabei stellt sie sich vor, wie sie der Pfarrer in seinem schwarzen Gewand wild penetriert. „Du wujda Hengst“, raunt sie ihm in Gedanken zu und wirft ihren Kopf neckisch zur Seite. Sie fährt sich mit der Zunge über ihre vollen Lippen, presst mit ihren feuchten Händen ihren D-Busen zusammen und fordert den Pfarrer auf, zwischen ihren Brüsten zu kommen. Natürlich alles in Gedanken, natürlich alles versaut bis sonst wohin. Aber die Bäckersusi hat eine abartige Wollust

18 mit allen Wassern gewaschenes Weibstück

gepackt. Als sich der Pfarrer schließlich auf ihrem Dekolleté ergießt, kommt es ihr auch. Und zwar gewaltig.

Sie bleibt noch einige Minuten im Bett liegen, um den fantastischen Fantasiesex mit dem Pfarrer nachklingen zu lassen. Dann geht sie ins Bad, duscht, rubbelt sich trocken, cremt ihren Körper lustvoll ein, kämmt ihre blonde Lockenpracht, putzt sich die Zähne, zieht ein nettes Unterhöschen an, dieses Mal ein hellblaues, wirft sich ihr Arbeitsgewand über und macht sich auf den Weg zur Bäckerei.

Derweil herrscht im Haus des Bürgermeisters Weltuntergangsstimmung. „So a ausgschamts Flitscherl[19], de ko wos erlebn, wenn s' hoam kummt", schimpft der Bürgermeister wie ein Berserker. Nicht, dass er seine Frau, die schon seit Jahren „herumlaft wira beleidigte Leberwurscht" (O-Ton Bürgermeister), vermissen würde. Auf die kann er gut und gerne verzichten. Aber nicht auf sein Frühstück, das Anna jeden Morgen Punkt 6 Uhr für ihn zubereitet hat. „Und eikaft hods a ned", ärgert er sich. Er ist so wütend, dass er eine Vase mit roten Rosen gegen die Wand knallt und dabei „Mistpritschn[20]" schreit.

Er beobachtet den Saustall, den er angerichtet hat, und wird gleich noch wütender. „Kaft si vo meim Göld rote Rosn, de blede Henna", flucht er. Tagein, tagaus ist er im Dienst des Dorfes unterwegs, während sich seine Frau einen faulen Lenz macht und Blumen einkauft. „Na wart Anna, wenn du hoamkumst, dann schepperts oba[21]", droht er ihr in Gedanken. Dann geht er auf den Saustall, den er angerichtet hat, los und reißt jeder Rose symbolisch den Kopf ab.

Auf dem Weg ins Rathaus hält der Bürgermeister mit seinem schneidigen Zweisitzer bei der Dorfbäckerei an. Die Bäckersusi befüllt die Vitrine gerade mit zuckergussgetränkten Nusshörnchen. Ihre Bluse hat sie weit geöffnet, weil ihr so heiß ist. „Habe d' Ehre Susi",

19 schamloses Flittchen

20 unverbesserliches Mädchen

21 dann gibt es Ärger

sagt der Bürgermeister und blickt ihr geradewegs ins Dekolleté. „Griaß Gott“, antwortet die Bäckersusi, „wos derfs denn sei?“ „Mei, am liabsten hätt i di“, kokettiert der Bürgermeister. „I bin oba nimma zum Hom“, antwortet die Susi. „Ja da schau her, host di verliebt?“, fragt der Bürgermeister irritiert. Darauf gibt ihm Susi kurz und knapp und selbstbewusst zur Antwort: „Jo, des hob i.“

„Scheiß Weiber“, denkt sich der Bürgermeister. Der Appetit ist ihm inzwischen vergangen. Zuerst die Anna, die nicht spurt, dann die Susi, die ihn abblitzen lässt. Weit weniger freundlich als zu Beginn ihrer Unterhaltung grummelt er der Bäckersusi seine Bestellung hin: „Zwoa Nussherndl und an Latte.“ Dann verlässt er grußlos die Bäckerei.

„Wos isn dem über d' Leba glafa?“, fragt der Bäckermeister, der die Szene aus dem Hinterstübchen aus verfolgt hat. „I ho koa Ahnung“, entgegnet ihm die Bäckersusi und fährt mit ihrer Arbeit fort. Ganz beschwingt, denn heute Abend würde sie zur Beichte gehen und dem Pfarrer das Messer auf die Brust setzen.

Etwa zur gleichen Zeit erwacht die Bürgermeistergattin Anna in einer alten Holzhütte im Wald. Besonders gemütlich war es auf der Luftmatratze, die ihr Liebhaber am Vorabend gebracht hatte, nicht gewesen. Doch ihre steifen Knochen können ihr Freiheitsgefühl nicht schmälern. Am liebsten würde sie jubeln. Sie hat den Schritt gemacht. Von jetzt an würde es nur besser werden, konnte es nur besser werden. Nur noch eine Sache muss sie regeln. Und zwar muss sie ihren Sohn Lukas kontaktieren. Glücklicherweise hat ihr Hubsi, ihr Liebhaber, ein Prepaidhandy mitgebracht. Ihr altes Smartphone, das am Grund des Regens liegt, genauso wie ihr Dasein als Bürgermeistergattin gehören nun der Vergangenheit an.

Sie ist so aufgeregt, dass sie drei Anläufe braucht, um die Nummer ihres Sohnes richtig zu tippen. „Wer dro?“, meldet sich Lukas am anderen Ende der Verbindung verschlafen. Er war am Vorabend zu einer Geburtstagsfeier eingeladen gewesen und spät nach Hause gekommen. Daher weiß er noch nichts vom Verschwinden seiner Mutter. „Servus Luk, i bins“, flüstert Anna leise ins Handy. „Mama, bist du des?“, fragt Lukas irritiert. „Ja, wern sonst?!“, sagt Anna eine Spur zu pampig.

„Warum schmatztn[22] so leise?“

„Damit mi koana hert.“

„Wo bistn?“

„I bi abghaut.“

„Wos?“

Von jetzt auf gleich sitzt Lukas kerzengerade im Bett. Seine Mutter wird doch wohl nicht ernst gemacht haben?! Aber warum sollte sie mit so einer Nachricht scherzen, wo sie doch weiß, wie sehr er an ihr hängt. Sie waren immer eine Einheit gewesen gegen den Bürgermeister. Nach außen hin charmant, hilfsbereit, freundlich, aber zuhause zeigte er sein wahres Gesicht, und das war alles andere als liebenswert. Kurzum: Er war ein bayerischer Dr. Jekyll and Mr. Hyde.

22 redest du

4. Kapitel

„Was für ein Tag!“, freut sich der Pfarrer. Er sitzt am Frühstückstisch, liest Zeitung, verschlingt dabei die vier Semmelhälften, die ihm Trudi mit Butter und selbst gemachter Erdbeermarmelade beschmiert hat, und trinkt, zur Feier des Tages, zwei, statt einer Tasse Kaffee mit Milch und Zucker. Er fühlt sich erleichtert, fast schon schwerelos. Endlich hat er sich seines Lasters entledigt. Zwar auf unschöne Art und Weise und gefährlich obendrein, aber nun ist er wieder frei und kann sich voll und ganz seinem Herrgott widmen.

Während der Pfarrer frühstückt, huscht die Trudi mit ihrem Staubwedel durch das Haus. Die Pfarrhaushälterin ist eine wirklich tolerante Person, aber bei Staub, Dreck und Unordnung hört bei ihr der Spaß auf. „Ois muass sei Ordnung hom“, betet sie wie eine putzende tibetische Gebetsmühle auf zwei Beinen vor sich hin.

Doch mit Ordnung ist es an diesem Morgen weit her. „Herr Pforra, wo isn d' Susi?“, fragt Trudi in anklagendem Tonfall, als sie die leere Schachtel unter seinem Bett entdeckt. „Scho wieda ned afgramt, der Schlampa“, schimpft sie in Gedanken hinterher. Dem Pfarrer bleibt vor Schreck ein Erdbeermarmeladenbuttersemmelstück im Hals stecken. Er hustet, und zwar länger als nötig, um Zeit zu gewinnen. Zeit für das Spinnen einer fein gewobenen Lüge. Der Pfarrer ist in Vielem gut, aber Lügen gehört nicht zu seinen Stärken. Deshalb fällt seine Antwort recht plump aus, so gar nicht fein gesponnen: „Die Susi ist weg!“

Man kann der Trudi vieles unterstellen, aber sicher nicht Dummheit. „Wia weg?“, bohrt sie nach. „Na weg eben! Weg ist weg“, gibt ihr der Pfarrer flapsig zur Antwort.

Nun ist nicht ganz klar, ob er die gute Stimmung von vorhin oder die Susi meint. Oder beide? Ja, er meint beide, die Stimmung und die Susi. Und am liebsten wäre es ihm, wenn auch die Trudi weg wäre. Da er aber weiß, dass er die Trudi nicht auch noch verschwinden lassen kann und sie sich mit simplen Antworten nicht abspeisen lässt, erfindet er die Story von der wilden Sau. Und die geht so:

„Ach Trudi, ich wollte dich mit der Wahrheit verschonen. Aber nachdem du nicht lockerlässt, erzähle ich dir nun die ganze Geschichte." Trudi spitzt die Ohrwascheln[23], damit ihr kein einziges Wort entgeht. „Nun Trudi, das war so", beginnt der Pfarrer. „Du weißt, dass ich gestern einen Ausflug mit der Susi gemacht habe." Bei diesem Satz erinnert sich Trudi an die seltsame Aktion des Vortages und denkt, bei allem Respekt für die Dreieinigkeit, dass der Pfarrer im Begriff ist, überzuschnappen. Aber da sie eine Frau und daher von Natur aus neugierig ist, ermuntert sie ihr Gegenüber mit einem „Und weida" zum Fortfahren. Also fährt der Geistliche fort: „Ja und dann bin ich mit ihr im Hänger durch den Wald gefahren. Es war so schön. Und der Susi, die ja sonst immer nur in der Schachtel liegt wie in einem Sarg, hat es auch gut gefallen. Deshalb bin ich immer weiter und weiter gefahren. Bis ich, ich meine wir, von einer Rotte Wildsäue aufgehalten beziehungsweise angegriffen wurden."

„Oba des is ja furchtbar", entfährt es der Trudi; dabei schlägt sie sich die rechte Hand aufs Herz. *(Anmerkung von Franzi Wolf: Das macht sie immer, wenn etwas ganz furchtbar Schlimmes passiert ist.)* „In der Tat, Trudi, es war furchtbar. Vor lauter Angst und Schrecken habe ich wie ein Verrückter in die Pedale getreten, um Susi und mich vor den Wildschweinen zu retten. Ich fuhr in rasender Geschwindigkeit über Stock und Stein. Der Anhänger an meinem Rad flog bei jeder Unebenheit wie wild durch die Luft und ich hatte Mühe und Not, auf dem Weg zu bleiben. Und dann, als wir über einen extra großen Stein fuhren, passierte es: Der Anhänger kippte um und die Susi raus. Also ich meine raus aus dem Anhänger." Der Pfarrer macht eine

23 Trudi lauscht angestrengt

Kunstpause, um die Spannung zu steigern. Dann fährt er fort: „Hinter mir sah ich die Rotte Wildschweine. Mit blutunterlaufenen Augen hielten sie Kurs auf uns. Ich bekam es mit der Angst zu tun, ehrlich. Ich rief unseren Herrgott um Hilfe. Aber der sagte nur ‚Hilf dir selbst, dann hilft dir Gott'. Also tat ich, wie mir befohlen, und rannte zu einem nur wenige Meter entfernten Jägersitz und kletterte mit zittrigen Beinen hinauf. Und weißt du, Trudi, was das Schlimmste ist: Ich hab' die Susi einfach liegen gelassen."

Theatralisch schlägt der Pfarrer die Hände vors Gesicht und beginnt zu schluchzen. Weinende Männer bringen jedes Frauenherz zum Schmelzen, denkt der Pfarrer und schluchzt gleich noch viel lauter. Und tatsächlich. Trudi, die anfangs noch recht ungläubig war, drückt den Pfarrer an ihre mütterliche Brust, einem Atombusen par excellence, und streichelt ihm liebevoll über sein Haar. „Schau her, der Pforra hod scho graue Hor; aber de stehna erm ausgsprochn guad", denkt sich Trudi und herzt ihn gleich noch mehr. Wie gut sich der Pfarrer doch anfühlt! Und wie gut er riecht! So unglaublich männlich, so unglaublich sexy. Eines muss an dieser Stelle klargestellt werden: Die Trudi war immer eine saubere Person. Und die möchte sie auch bleiben. Deshalb schubst sie den Pfarrer, der es sich zwischenzeitlich an ihrer Brust gemütlich gemacht hat, unsanft von sich weg und sagt eine Spur zu barsch: „Etz erzöhlns mal fertig; i ho schließlich ned den ganzen Dog Zeit."

Irritiert von Trudis emotionaler 180-Grad-Kehrtwende fährt der Geistliche leicht stotternd fort: „Als ich die morsche Leiter zum Jägersitz hochgestiegen bin und mich umdrehte, wäre ich vor Entsetzen fast runtergefallen. Oh Trudi, es war so furchtbar. Die Wildschweine haben sich grunzend über die Susi hergemacht. Und aufgefressen. Mit Haut und Haar. Äh, ich meine natürlich mit Gummi und Haar." „Ja pfui Deifel", antwortet Trudi angewidert. Man sieht ihr an, wie sich die Szene vor ihrem geistigen Auge abspielt.

Plötzlich hält sie in ihren Gedanken inne und fragt: „Und wos mach ma etz an Mariä Himmelfahrt, etz, wo d' Susi nimmer is?" „Lass das mal meine Sorge sein“, antwortet der Pfarrer, erhebt sich vom Tisch und geht in sein Arbeitszimmer. Er hat keine Lust mehr auf Trudis Kreuzverhör. Abgesehen davon muss er die Predigt für Sonntag vorbereiten. Sein Thema weiß er schon: Er wird über arglistige Täuschung, Irreführung und „Notlügen“ sprechen. Mit „Notlügen“ hat er ja Erfahrung. Und wie heißt es im Psalm 116,11 doch so treffend: Omnis homo mendax, alle Menschen lügen. War er nicht auch nur ein Mensch? Ein menschlicher Geistlicher? Oder ein geistlicher Mensch? Egal! Hauptsache Mensch.

5. Kapitel

Zur gleichen Zeit an einem anderen Ort spielt sich eine herzzerreißende Liebesszene ab. Anna, die immer stark und tapfer war, fällt ihrem Hubsi plötzlich weinend um den Hals. „Oba Anna, wos hostn?“, fragt Hubert, irritiert von dem plötzlichen Gefühlsausbruch. „Wal i di so gern ho, wal i erleichtert bi, dass i vom Mane weg bi, und wal i ned gschlofa ho“, antwortet Anna und weint gleich noch mehr.

Dass das Leben als öffentliche Person nicht immer einfach ist und dass der Bürgermeister scharfkantige Ecken hat, weiß Hubsi. Aber Details aus Annas Leben waren ihm bis dato nicht bekannt. Vielmehr lebten die beiden in den wenigen Momenten, die sie für sich hatten, im Augenblick und blendeten alles um sich herum aus.

Nun, wo das Kapitel „Bürgermeisterliche Bilderbuchfamilie“ geschlossen ist, platzt es aus Anna heraus: „Woaßt, mei Lebn mim Mane war die Hölle“, bringt Anna unter Schluchzern hervor. Manes Werbephase um Anna, der Perle irgendwo im bayerischen Nirgendwo, war geradezu berauschend gewesen. Zu jedem Treffen brachte Mane Blumen mit, entweder – mit Überraschungseffekt – versteckt in der Semmeltüte, in der Jackentasche, im Bett und weiß der Geier wo sonst noch, oder ganz offenkundig, wie es Gentlemen tun. Er las Anna jeden Wunsch von den Augen ab und hofierte sie in einer Art, dass ihr ganz damisch[24] wurde. „Er hod meine Sinne vernebelt“, erinnert sie sich mit bitterem Unterton. Und damit war sie leichte Beute. Ehe sie sich’s versah, standen sie vor dem Traualtar und hauchten vor der begeisterten Dorfgemeinschaft ihre Ja-Worte. Der frischgebackene

24 schwindelig

Bürgermeister und das schönste Mädel im Dorf hatten geheiratet – das war die Sensation schlechthin.

Doch der Frieden währte nicht lange. Und schon bald fing Mane an, Anna zu kontrollieren und sie mit zweideutigen Bemerkungen zu verunsichern. Ohnehin schien alles, was sie bis dahin gemacht hatte, plötzlich nicht mehr gut. Machte sie sich zurecht, beschimpfte er sie: „Schast as wira a Schlampn[25].“ Sah sie ungepflegt aus, sagte er abfällig: „Da dad i leyba mit da Trudi schnacksln[26] als mit dir.“ Kochte sie sein Lieblingsessen, machte er Diät: „Koan Hunga.“ Bereitete sie einen Salat vor, wollte er Schweinenes: „Des Hosnfuada konst selba fressn.“ War sie aufmerksam und ordnete sich unter, behandelte er sie wie einen Fußabstreifer: „Kon des sei, dass du z' bled für a eigne Meinung bist?“

Anna hatte gehofft, dass sich mit der Geburt des gemeinsamen Kindes alles zum Guten ändern würde. Doch weit gefehlt! Nach außen mimten sie die perfekte Familie, während es im Inneren kochte und dampfte wie in einem Hexenkessel. Bis es Anna nicht mehr aushielt und Mane um ein Gespräch bat.

Das Gespräch hatte es nie gegeben, stattdessen gab es die erste Watschn[27], die nicht die letzte bleiben sollte.

„Mei Lebn war a scheiß anstrengenda Spießrutnlaf, wia af an Minenfeld“, resümiert Anna, als sie sich wieder einigermaßen gefasst hat. „Wia guat sis ofühlt, an normaln Mo an da Seitn zu hom“, denkt Anna und schmiegt sich ganz eng an ihren Hubsi, der nicht nur nett, also wirklich nett ist, sondern auch noch ausgesprochen gut aussieht. Besonders sein athletischer Körper, der die Polizeiuniform, die er an diesem Tag trägt, perfekt ausfüllt. Ein Prachtexemplar von Mann.

---

25 Frau mit unmoralischem Lebenswandel

26 Beischlaf abhalten

27 Ohrfeige

Details aus ihrem Eheleben hat Anna nie jemandem erzählt, zu groß war ihre Angst vor den Konsequenzen gewesen – sei es der Dorftratscht[28] oder Manes Züchtigungen. Nur der Frau vom Gebhard Fränk gegenüber hatte sie einmal eine Andeutung gemacht, und zwar an dem Tag, als Lissy, also Fränks Frau, mit einem Veilchen in den Kindergarten gekommen war und erzählte: „I bin so bled, allerwal steys i mi." Daraufhin hatte Anna geantwortet: „I steys mi a oft", zwinkerte ihr zu und verschwand, ohne ein weiteres Wort zu verlieren. Intuitiv wusste sie, dass auch das Leben an der Seite von Gebhard Fränk kein Zuckerschlecken war. Vielleicht sogar noch schlimmer als ihr Leben.

Der einzige, dem sich Anna unter Umständen anvertraut hätte, war der Pfarrer. Aber mit dem war sie nun auch fertig. „Verdorbns Kaff", schimpft sie.

„Anna, i woaß, dass d' eigentlich nur mer dei Ruah hom megst, oba wia müassn etz handln", holt Hubsi seine Geliebte zurück ins Hier und Jetzt. Hubsi besitzt ein phänomenal feines Gespür und weiß genau, wann Anna ihm zu entgleiten droht. Das will er tunlichst verhindern und stattdessen Nägel mit Köpfen machen.

„Jo, Hubsi, des is ma a klor", antwortet Anna erschöpft. Sanft befreit sie sich aus Huberts Umarmung und setzt sich auf einen Stuhl ihm gegenüber. Dann weiht sie ihren Liebhaber in ihren Plan ein: „Woaßt, i wui nie mehr wieda zruck zu erm, des deleb i ned. Deshalb muass a glaubn, dass i tot bi. Mir müassn a Leichn stehln und dann zur Elies bringa. Elies is ma no an Gfalln schuldi. Ohnehin stehts dodal afn Mane, de dumme Gans. De werd ihr Mal scho holtn, wenns etzad freie Bahn hot mit meim Mo."

„Etz is dodal übagschnappt", denkt sich Hubert. Er versteht nur Bahnhof. „Worum a Leichn stehln?", fragt er irritiert. Dann fällt der verwirrten Anna ein, dass Hubsi von der tödlichen Aktion des Pfar-

28 Gerede

rers ja noch gar nichts weiß und sprudelt die Geschichte nur so runter. Hubsi ist entsetzt und muss das Gehörte erst einmal verdauen. „Des glaub i ned“, sagt er dann ungläubig, „ned da Pforra.“ „Doch Hubsi, du muasst ma glaubn. I hos doch mit eigena Augn gsegn!“

Auch die Sache mit der Elies hat Hubsi nicht ganz verstanden und bittet Anna deshalb um Aufklärung. Als auch das Thema endlich vom Tisch ist, schaltet er, wie es erfahrene Polizisten tun, um in Funktionsmodus. Lösungen müssen her. Er fragt: „Woaßt scho, wo ma de Leich stehln solln?“ „Des hob i ma a scho überlegt“, antwortet Anna, „ausm Leichenschauhaus.“ „Ausm Leichenschauhaus?“, fragt Hubsi irritiert. „Jo, ausm Leichenschauhaus!“, wiederholt Anna. „Oda host an bessern Plan?“ Hubsi denkt schnell verschiedene Szenarien mit Todesfolge durch, verwirft aber alle Gedanken. „Na, i ho koan bessern Plan“, antwortet er. Und auch wenn ihm bei der ganzen Sache mehr als unwohl ist, willigt er in Annas Plan ein.

Hubsi ruft auf dem Revier an und meldet sich krank – zum ersten Mal in seiner beruflichen Laufbahn. Dann machen sich er und Anna sofort an die Arbeit und erstellen einen stichpunktartigen Plan, was gemacht werden muss: Lukas in Plan einweihen; Auto mit Platz für Leiche beschaffen; Leiche „organisieren“; Leiche in Anna „verwandeln“; Fotos für Annas Todesakte schießen; Leiche zu Elies bringen; Leiche in Elies’ Krematorium verbrennen; Polizeiabschlussbericht schreiben; fertig! Alles ein Kinderspiel.

6. Kapitel

Den lieben langen Tag hat die Susi geackert wie ein Pferd. Man kann sich nicht vorstellen, wie anstrengend das Leben einer Bäckereifachverkäuferin irgendwo im bayerischen Nirgendwo ist. Um alles muss sich die Bäckersusi kümmern: um die gute Laune des Chefs, der es mag, wenn sie versaut daherredet, um Kunden, die nur deshalb in die Bäckerei kommen, um der Bäckersusi ihre Lebens- und/oder Leidensgeschichte zu erzählen, und um andere Kunden, die von ihr den neuesten Tratsch hören wollen. Schließlich muss sie noch resche Semmeln, Bauernbrot, Schmalzgebäck und andere Köstlichkeiten verkaufen, nebenbei den Laden sauber halten und dabei immer schön lächeln. Ganz schön viel Aufgaben für ein Persönchen wie die Bäckersusi. Aber die Bäckersusi hat Kraft, kann anpacken, kann zuhören, kann Trost spenden, ist gut in der ländlichen Flüsterpost. Alles Attribute, die sie unentbehrlich machen in dem schmucken Bäckerladen mit Blick auf das Amtszimmerfenster des Bürgermeisters. Ganz zu schweigen von ihrer unerhörten Anziehungskraft auf Männer. Sie ist wie eine reife Pflaume, zuckersüß und drall. Vor allem ihr bayerisches Dekolleté. „Alle wolln mi vegln", flüstert sie der Elies, die schon seit einer halben Stunde im Laden steht, auf das Amtszimmerfenster des Bürgermeisters stiert und der Bäckersusi ihr Leid klagt. „Wenns des bei mir a wolln dadn, war i scho zfriedn", jammert die Elies. Seit Jahren wohnt die Elies mit ihrer pflegebedürftigen Mutter unter einem Dach, kümmert sich um sie und um das elterliche Geschäft, das sie übernommen hat. Da bleibt für hübsch machen nicht viel Zeit. Und wer nicht hübsch ist, der hat schlechte Chancen auf Sex. Es sei denn, es ist Volksfestzeit, alle betrunken und außer Rand und Band. Dann spielt das Aussehen keine Rolle mehr. Dann wird gevögelt, was das Zeug hält. Aber eine Woche im Jahr Sex ist der Elies nicht genug. Und wenn sie es genau betrachtet, will sie ja keinen Sex mit einem x-beliebigen Besoffenen. Was die Elies will, ist ein angesehener Mann an ihrer Seite.

Manchmal, wenn sie spätabends zur Ruhe kommt und über ihre Situation nachdenkt, überkommt sie der Impuls, ihre Mutter samt Atemgerät „in den Ofn zu schiam“, so nennt sie hinter vorgehaltener Hand das Krematoriumprozedere. „Dann waar a Rua“, vertraut sie sich der Bäckersusi an. Dass ihr gerade alle Welt den Hof macht, hat sie ihrer Freundin schon wieder verziehen. Alles andere wäre dumm, denn die Bäckersusi ist neben der maskulinen, eiskalten, wasserstoffblonden Beate, der Frau des Dorfmetzgers, und der verwitweten Waltraud, kurz Walli, einer bescheidenen, sanftmütigen, gutgläubigen, klugen und aus dem Kloster ausgetretenen Nonne, die einzige Freundin, die sie hat. Zusammen sind sie die Blutsschwestern – B(eate)luts(susi)schw(altraud)e(lies)stern irgendwo im bayerischen Nirgendwo.

„Woaßt Susi, da Bürgermeista dad ma guad gfolln“, schwärmt sie der Bäckersusi zum tausendsten Mal vor. „A geh Elies, der is doch ned sche. Und a Frau hod a a“, antwortet die Bäckersusi zum tausendsten Mal. Natürlich gefällt der Elies die Antwort nicht, wie die 999 Male zuvor. Aber sie lässt sich ihren Missmut nicht anmerken, weil sie es sich mit der Susi nicht verscherzen will. Deshalb sagt sie: „Woaßt Susi, wenn sei Olde doch nur verschwina dat, des waar des Allerbeste.“ „Des konnst vergessn, a Bürgamoasta lasst se ned scheidn“, antwortet die Bäckersusi. „Des ned, oba es passiern ja immer wieda Unglücke“, gibt Elies zur Antwort. „Elies, etz is oba guad“, schimpft die Bäckersusi und macht sich an die Arbeit. Demonstrativ räumt sie die Brezen von einem Eck ins andere, um der Elies zu signalisieren, dass sie auf das Bürgermeistergefasel keine Lust mehr hat. Nicht nur, weil der Bürgermeister Dauerthema bei der Elies ist, sondern auch, weil sie ihn nicht mag. Er ist ihr zu schmierig. Und die Fürsorge, die er ihr immer zuteilwerden lässt, ist definitiv kein Akt der Nächstenliebe. Sie verspürt nicht die geringste Lust, Gegenstand des Dorftratsches zu werden, noch weniger die Geliebte eines 25 Jahre älteren Mannes. „Dann bleib i leiwa aloa“, denkt sie. Aber so, wie sich die Situation aktuell darstellt, hält sie einen Trumpf in der Hand. Und den wird sie heute Abend bei der Beichte ausspielen. „Wenn doch scho Feierabend waar“, sehnt die Bäckersusi den Ladenschluss herbei. Dann wird sie geradewegs zur Kirche gehen, um zu beichten. Und nicht nur das.

7. Kapitel

Nach dem gemeinsamen Planschmieden mit Hubert fällt Anna in einen tiefen Schlaf. Sie ist furchtbar erschöpft von den Geschehnissen der letzten zwanzig Stunden. Von einem Moment auf den anderen hat ihr Leben eine ungeahnte Wendung genommen. Eine Wendung, von der sie zwar immer geträumt, aber nie den Mut gefunden hat, sie herbeizusteuern. Vermutlich hätte sie bis an ihr Lebensende eine heimliche Affäre mit Hubert gehabt und wäre früh gestorben. Entweder, weil sie das Leben an Manfreds Seite vollends zermürbt oder weil Manfred Wind von der Affäre bekommen und sie und ihren Liebhaber erschlagen hätte. „Wendst mi bscheißt, bist dout“, hatte er ihr mehrfach angedroht. Und Anna ist sich sicher, dass er seine Drohung wahr gemacht hätte. Er liebte sie nicht. Oder aber war seine Art zu lieben eine ganz andere als ihre. Sie fühlte sich wie sein Besitz, nicht wie seine Frau. Damit ist jetzt ein für allemal Schluss.

Anna wird von einem lauten Motorengeräusch geweckt. Für wenige Sekunden hat sie vergessen, wo und in welcher Situation sie ist und wird panisch. Als die Tür zur Holzhütte, in der sie sich versteckt hält, aufgeht, entfährt ihr ein Schrei. Vor ihr steht ein Hüne in schwarzer Motorradkluft und schwarzem Helm mit verdunkeltem Visier. Er, der Hüne, hält eine blonde Perücke in der Hand wie ein Indianer den Skalp einer Weißhaut. Anna entfährt ein zweiter Schrei. „Etz is aus“, entfährt es ihr und sie krabbelt auf allen Vieren ins hinterste Eck der Hütte. Anstatt ihr zu folgen, wie Mörder es tun, fingert der Hüne ungeschickt an seinem Helm herum, aber der Verschluss klemmt. Das Visier des Helms beschlägt und Anna hat das Gefühl, dass der Kopf des Hünen zu rauchen begonnen hat. „Wos isn des für a Depp?“, vermischt sich ein klarer Gedanke mit ihrer Furcht. Dann, endlich, macht es Klick, der Verschluss geht auf und der Hüne nimmt den Helm ab.

Anna fällt ein Stein vom Herzen. Es ist Hubert, Gott sei Dank. „Host du ma an Schreckn eigjogd", schimpft Anna. Sie hat ihren Hubert noch nie in Ledermontur gesehen, sie wusste nicht einmal, dass er Motorrad fahren kann. Kein Wunder also, dass sie sich fast zu Tode erschrocken hat.

„Wos willnst eigentlich mit da Peruckn?", fragt Anna dann. „De ho i für de Leich mitbrocht", antwortet Hubsi. „De soll doch aussehgn wia du", ergänzt er. „Ja fralle, du bist echt gschickt. Da Mane hät ned dro denkt." „I bi a ned da Mane, i bi da Hubsi", antwortet er gekränkt. Er mag keine Vergleiche, schon gar nicht mit dem Bürgermeister.

Doch für Gekränktsein ist jetzt nicht die Zeit. Deshalb nimmt er seinen Rucksack ab, kramt eine Motorradgarnitur der Größe s wie sexy heraus und wirft sie Anna zu. „Beeil di Anna, mir müassn weida", sagt er.

Schnell zieht sich Anna ihr neues Outfit an, das ihr ausgesprochen gutsteht. Ihre Mitte Vierzig sieht man ihr nicht an. An ihren 158 Zentimetern sitzt jedes Gramm an der richtigen Stelle. Toller Busen, toller Po, tolle Beine und ein hübsches Gesicht. Hubert hat das Gefühl, dass Anna seit ihrer Flucht noch hübscher aussieht. Obwohl ihr zukünftiges Leben noch nicht in trockenen Tüchern ist, blüht sie regelrecht auf.

Anna bemerkt Huberts intensiven Blick und gibt ihm einen leidenschaftlichen Kuss. Schon beginnt seine Hose im Schritt zu spannen. Am liebsten hätte er Anna auf der Stelle vernascht, und zwar auf dem Boden der Hütte. Aber sie müssen los. Deshalb reicht er Anna einen Helm und Arm in Arm verlassen sie den verhauten Bretterverschlag.

„Wo hostn des hoaße Gfährt her?", fragt Anna neugierig. „Von am Freind[29]", antwortet Hubert einsilbig. Dass der Spezl ein Zuhälter und Drogendealer ist, der ihm einen Gefallen schuldig ist, behält er erst-

---

29 Freund

mal für sich. Er wird Anna die ganze Geschichte noch erzählen, aber jetzt müssen sie umgehend nach Regensburg. „Worum nach Rengschburg?“, fragt Anna irritiert. „Wal ma do des Auto holn“, erwidert Hubert. „Und wenn ois guad geht, dann a de Leichn“, fügt er in Gedanken hinzu. Auf die Leichenschauhausaktion hat er nämlich gar keine Lust.

Mit einem rabenschwarzen Cruiser von Kawasaki und einem mörderischen Affenzahn fahren sie über Schleichwege nach Regensburg. Es ist eine holprige Fahrt. Und weil Anna Angst hat, vom Motorrad zu fallen, schmiegt sie sich ganz eng an Hubert. Busen an Rücken. Schambein an Steißbein. Stundenlang hätte sie so weiterfahren können. Aber sie haben einen Auftrag. Und der führt sie geradewegs in ein Bordell im Stadtosten Regensburgs.

8. Kapitel

Wenn doch scho Feieramd waar“, sehnt die Bäckersusi 18 Uhr herbei. Dann wird sie schnurstracks in die Kirche marschieren, um zu beichten. „Oba i ho ja nix zum beichten“, kommt der Susi der plötzliche und ehrliche Gedanke. „Was dat i do heit in da Kirch?“ Und dann, wie aus dem Nichts, macht sich ein Lächeln auf ihrem Gesicht breit und sie erinnert sich wieder, warum sie zur Beichte gehen wird. Es gibt nur eine Möglichkeit, den Pfarrer an sich zu binden. Nämlich Erpressung. „Mei Wissn um sein’ Mord sollt Druckmittel gnua sei“, schlussfolgert Susi gerissen. Ein besseres Druckmittel kann es wahrlich nicht geben.

Um 17 Uhr fängt Susi an, im Bäckerladen aufzuräumen. „A geh, Susi, wos ramst d’ scho herum, es is ja no Zeit“, wundert sich der Bäckermeister, der es sich mit einem Stück katalanischer Himbeertorte, der Spezialität des Hauses, und einem Haferl Kaffee in der Backstube gemütlich gemacht hat. „Und worum grinstn eigntlich wira Honigkuachapferd?“, fragt er neugierig. „Ah geh, i grins doch ned wira Honigkuachapferd, wie kimmst da draf?“, antwortet Susi kurz angebunden.

„Fralle, du schaugst as, als ob’s di glei zreißn dat.“

„Geh, spinn ned so!“

„Oba i sigh doch, wennst da sauguad geht“, insistiert der Bäckermeister. Susi jedoch bleibt tough und gruschelt[30] weiter im Laden herum. Sie ist doch nicht verrückt und weiht den Bäckermeister, ihren Brötchengeber, in ihr Geheimnis ein, weil er garantiert eifern würde. Und Eifersuchteleien kann die Susi nun wirklich nicht gebrauchen.

---

30 räumt

Endlich, die Kirchturmuhr schlägt dreimal. Susi geht auf die Toilette, kramt Waschlappen und Kernseife aus ihrer Tasche, befeuchtet den Lappen, schmiert Kernseife darauf und fängt an zu rubbeln. Sie rubbelt sich von Kopf bis Fuß. Zuerst hinter den Ohren, dann den Hals und weiter bis zum Dekolleté. Von da aus zu den Achseln, die einen pflaumigen Duft verströmen, dann den Bauch entlang zu ihrer Muschi. „Muschi", kichert Susi, als sie eben dieses Körperteil mit kreisartigen Bewegungen einseift. „Muuuuuuuuschi", spielt sie sprachlich mit ihrer Scham und fängt an zu lachen. Und wie sie da so lacht und sich weiter einseift, während der Bäckermeister durchs Schlüsselloch der Toilettentür lurt[31], kommt es der Susi. Einfach so. „So a Bitch[32]", denkt sich der Bäckermeister, der am liebsten die Tür aufbrechen und sich auf Susi stürzen würde.

Als Susi nun mit höchst gesunder Gesichtsfarbe aus der Toilette kommt, schaut sie der Bäckermeister durchdringend an. Am liebsten würde er ihr folgen, er ist nämlich spitz wie Nachbars Lumpi. Aber dummerweise muss er heim und auf seine drei Töchter (zwei, vier und sechs Jahre) aufpassen, weil seine Frau zur Beichte geht.

„Pfiad di", ruft die Bäckersusi dem Bäckermeister zu und verlässt Punkt 18 Uhr leichtfüßig die Bäckerei. Für heute hat sie ausgebäckert und kann sich den wichtigen Themen des Lebens widmen. Ihrer Beichte (inklusive Erpressung).

„Griaß di Susi", empfängt sie eine raue Stimme, als sie die Kirche betritt. Zwar kann sie die Person, die sie gerade begrüßt hat, nicht erkennen, da sich ihre Augen erst an die Dunkelheit in der Kirche gewöhnen müssen. Aber Susi weiß gleich, wem die raue Stimme gehört. „Servus Beate", grüßt Susi die Nummer eins der Blutsschwestern irgendwo im bayerischen Nirgendwo. *(Anmerkung von Franzi*

31 äugt

32 Flittchen

Wolf: Nummer eins deshalb, weil B der zweite Buchstabe im Alphabet ist und damit vor E(lies), S(usi) und W(alli) steht.)

Passend zu ihrer Rangfolge im Alphabet ist Beate auch im realen Leben ein Alphaweib, ein schlagkräftiges Alphaweib. Deshalb geht sie auch so oft zum Beichten.

„Host erm wieda oane gwischt[33]?", stellt Susi Beate die obligatorische metaphorische Frage und verdreht die Augen. Susi verspürt nicht die geringste Lust, sich Beates Erklärungen bezüglich des neuerlichen Falls von häuslicher Gewalt anzuhören. Ohnehin hat sie aktuell Besseres zu tun, als Beates Story zu analysieren. Deshalb sagt sie kurz angebunden: „Mia sehng uns am Freida, pfiad di", setzt sich auf eine der harten Kirchenbänke und bereitet sich auf das Beichtgespräch vor.

Es dauert keine fünf Minuten, bis sie an der Reihe ist. Sie atmet zweimal tief durch, fährt sich nervös durch ihre blonde Lockenpracht, zupft ihre Bluse zurecht und öffnet die Tür zum Beichtstuhl mit so viel Elan, dass sie mit lautem Krachen gegen die Holzverkleidung an der Wand kracht. „Na, na, na, nicht gar so stürmisch", sagt der Pfarrer. „Mei tschuldigens, Herr Pforra", antwortet Susi verlegen. Seine Nähe verleiht ihr Energie, die sie nicht unter Kontrolle hat. Ohnehin scheint etwas nicht zu stimmen mit ihr. Denn als der Pfarrer sie auffordert, ihm zu erzählen, was sie belastet, bekommt sie keinen Ton heraus. Sie weiß genau, was sie sagen will, hat die Worte Dutzende Male in Gedanken wiederholt, aber ihr Mund gehorcht ihr einfach nicht. „Na Susi, was hast du auf dem Herzen?", fragt der Pfarrer sanft nach.

Susi ist es furchtbar peinlich, dass der Pfarrer sie erkannt hat. Ihr Plan war es gewesen, sich als eine andere Susi auszugeben, um ihn dann zu erpressen. Bei genauerem Betrachten der Situation wird ihr jedoch klar, dass die Wahrscheinlichkeit, unerkannt zu bleiben, gleich Null ging. „I bi ja so bled", scheltet sich Susi. Laut genug, dass der Pfarrer sie hört. „Warum glaubst du, Susi, dass du blöd bist?", fragt der Pfarrer fürsorglich. Grundsätzlich ist seine fürsorgliche Art

33 eine Ohrfeige verpasst

genau das, was Susi am Pfarrer schätzt. Aber in der aktuellen Situation kann sie mit seiner Sanftheit, Gutmenschheit nichts anfangen. Sie will ihn doch erpressen! Und wie soll man einen sanften, gutmütigen Menschen erpressen? In Susis Kopf läuten alle Glocken Alarm. Alarm deshalb, weil sie im Begriff ist, die Kontrolle über ihr Vorhaben zu verlieren. Als ihr dieser Gedanke ins Bewusstsein dringt, durchläuft sie binnen Sekunden eine Metamorphose, wie sie die Welt noch nicht gesehen hat. Die pflaumige, naive, gutherzige Susi verwandelt sich im Beichtstuhl irgendwo im bayerischen Nirgendwo in eine bayerische Femme fatale par excellence, die die künftige gemeinsame Marschroute klar definiert: „Schatzl, etz bass amol af. I woaß ois über di. Und wal i ois über di woaß, kerst ma. Host me?“

Der Pfarrer hat im Beichtstuhl (und nicht nur da) schon einiges erlebt. Aber Susi, die er stets als leicht unterbelichtetes, liebenswertes Landmädel wahrgenommen hatte, entpuppt sich nun als Reinkarnation von Uma Thurman in Kill Bill. Er ist völlig irritiert, denn bisher hatte er nur Beate als Kill Bill-Uma wahrgenommen. „Nun auch noch Susi!“, denkt er entsetzt. Er hatte schon immer geahnt, dass es irgendwo im bayerischen Nirgendwo nicht ganz koscher zugeht. Aber dass er mit seiner Einschätzung von Susi so danebengelegen hatte, bringt ihn vollends aus der Fassung. Deshalb sagt er nur: „OK, Susi, dann lass mal hören.“

„Also, Herr Pforra, de Sach is de: I ho Sie gsegn. Untn am Regn. Sie worn völlig außer Rand und Band. So ebs ho i no nia gsehng. Wia si da völlig von Sinnen mit Steinen af d’ Anna eigworfa und se dann im Regn erstochn hom. I wui gar ned wissn, wos zwischn erna und da Anna wor. Wal des ja aus is. Was i etz wui, is, dass i den Platz von da Anna einimm. Mit allem drum und dran.“

Totenstille auf der anderen Seite der vergitterten Öffnung in der Trennwand. Im Kopf des Pfarrers irren die Gedanken wie Blindgänger umher. Es ist ihm unmöglich, einen klaren Gedanken zu fassen. Er hatte nie und nimmer damit gerechnet, bei der Gummisusi-Garaus-Aktion beobachtet worden zu sein. Er war doch extra tief in den

Wald hineingefahren. Und Gottes Beistand hatte er ja auch. Oder etwa nicht?

Und nun ist ausgerechnet die Bäckersusi Zeugin der schrecklichen, da höchst blamablen Tat gworden. Nun stellt sich natürlich die Frage: Was ist schlimmer? Als ein mordender Pfarrer in die dörfischen Annalen einzugehen oder als sexuell abnormer Pfarrer? Da ist ihm der mordende Pfarrer auf jeden Fall lieber. Und da er weiß, wie schwer es der Susi fällt, ihren Mund zu halten, schwört er: „Susi, ich tue alles, was du willst. Hauptsache, du behältst unser klitzekleines Geheimnis für dich. Das wirst du doch tun, oder?“ „Ehrlich ois?“, vergewissert sich Susi. „Ja, ehrlich alles“, unterstreicht der Geistliche, der nun seinerseits in Aufruhr ist, während sich Susi auf der anderen Seite der vergitterten Öffnung entspannt. Na, wenn das kein Erfolg war!

„Mir sehng uns am Monda, neunzehn Uhr, bei mia dahoam“, sagt Susi bestimmt und verlässt den Beichtstuhl ohne ein weiteres Wort. Nicht einmal ein Servus.

Vor dem Beichtstuhl wartet bereits Beate. Sie kann es kaum erwarten, sich beim Pfarrer zu erleichtern.

Der arme Pfarrer. Zuerst die Erpressung durch Susi, dann die blutige Geschichte von Beate.

9. Kapitel

Der Pfarrer ist grundsätzlich kein ängstlicher Mensch. Wohl aber fürchtet er Beate. Ihre von Haus aus herben Gesichtszüge unterstreichen den durch harte Arbeit ausgemergelten Körper. Dass sie als Teenager unter Akne gelitten hat, kann ihr Alter nicht verbergen. Selbst wenn sie stark geschminkt ist, was nur selten der Fall ist, sind in ihrer ledrigen Haut tiefe Einkerbungen zu sehen. Wenig schmeichelhaft sind auch Beates Haare. Strohblond und furztrocken. Hätte sie zu allem Übel noch einen Bart, würde sie als bayerischer Wrestler durchgehen. Tatsächlich ist ihre Kraft ein Problem, das sie nicht im Griff hat. Genauso wenig ihr aufbrausendes Temperament. Schon als Kind war Beate hitzköpfig. Aber seitdem sie im Wechsel ist, gleicht sie einer tickenden Zeitbombe. Man weiß nie, was als Nächstes passiert.

Der Grund für Beates Beichte ist ein einfacher: Sie hat (mal wieder) ihren Mann gezüchtigt. Allerdings nicht so, wie Susi gemeint hat, nämlich „host erm wieda oane gwischt?" Nein, nein. Die Geschichte lief ganz anders ab:

Wie jeden Tag steht Beate um 5 Uhr morgens auf. Nach zwei Tassen schwarzem Kaffee und einem Eiweißriegel steigt sie die Treppe zur Metzgerei hinunter. Beate hat in die Metzgerfamilie Brandl eingeheiratet und schon bald die Zügel in die Hand genommen. Und zwar deshalb, weil Heribert, ihr Mann und einziger Erbe der Brandl'schen Metzgerei, schlicht und ergreifend zu sanftmütig ist. Er ist ein ausgezeichneter Metzger, wenn es darum geht, Wurst in allen Variationen herzustellen. Allerdings ist er unbrauchbar, wenn

Schlachttag ist. Ganz anders Beate. Sie hat eine Freude daran, die Tiere ins Nirwana zu schicken. Heribert blendet diesen Charakterzug aus, sonst müsste er sich von Beate trennen. Stattdessen verteidigt er Beates Vorliebe, indem er ihr Arrangement als perfektes Teamwork verkauft.

Tatsächlich ist die Metzgerei Brandl irgendwo im bayerischen Nirgendwo eine der besten Metzgereien Deutschlands. In regelmäßigen Abständen wird sie in der Zeitschrift *Feinschmecker* löblich erwähnt. Es würde nicht wundern, wenn die Metzgerei nicht auch einmal in der Tagesschau Beachtung finden würde. Und zwar dann, wenn Beate mal wieder rotgesehen hat und mit dem Schlachtmesser rasend durch die Metzgerei gewütet war. Dass Heribert mal plaudern würde, davor hat sie keine Angst. Kein Mann will sich in der Öffentlichkeit als Sitzbiesler[34] bezeichnen lassen. Nicht einmal Heribert. Deshalb leidet er schweigend vor sich hin und tut die Schnittwunden, die ihm Beate zufügt und die hie und da mit einem Krankenhausbesuch enden, als Arbeitsunfälle ab.

Das wiederum hat den Vorteil, dass er dann Birgit sieht. Die gute, alte Birgit – 176 groß, drall und liebenswürdig. Da Birgit ledig und kinderlos ist, schiebt sie in der Notaufnahme des Krankenhauses rund um die Uhr Dienst. Aus Mangel an Alternativen hat sie Heribert ins Herz geschlossen. Und weil Beate jeglicher Funke Liebenswürdigkeit fehlt, hat dieser sich postwendend in Birgit verliebt. Natürlich hat er nicht den Arsch in der Hose, die Birgit mal richtig ranzunehmen. Dafür verwöhnt er sie mit liebevollen Komplimenten, wenn Beate ihn mal wieder krankenhausreif zugerichtet hat und er im Krankenhaus liegt.

„Des wui i nimma“, klagt Beate im Beichtstuhl. „Ob ses glaubn oda ned, mir macht des koan Spaß, wenn i erm weh doa muass. Oba

34 Weichei

manchmal is a so brunzbled[35], dass i ned anders ko. Dann geht bei mia d' Sicherung durch und i flipp dodal aus."

„Ich verstehe", antwortet der Pfarrer unbedacht. „Wej wolln S' des versteh kinna?", fragt Beate barsch. „Naja, ich verstehe die Zusammenhänge, sprich Aktion, Reaktion. Aber dass man dann handgreiflich werden muss, das verstehe ich nicht. Und das will weder Gott noch Jesus noch der Heilige Geist", erklärt der Geistliche. „Desholb bin i ja do, um de drei um Verzeihung zu bittn", jammert Beate. „Beate, ich glaube, dass es wichtiger wäre, deinen Mann um Verzeihung zu bitten. Gott, Jesus und den Heiligen Geist natürlich auch. Aber vor allen Dingen deinen Mann. Was hat er denn so Schlimmes getan, dass du ihn schlagen musstest?", fährt der Pfarrer fort.

„I ho erm koane glangt."

„Was hast du denn dann gemacht?"

„I ho erm a weng mitm Messa gritzt."

„Aha! Und wo ist er jetzt?"

„Im Spitol."

„Gott hab' ihn selig! Der arme Mann!"

35 dümmer als dumm

10. Kapitel

Als Hubsi und Anna in pechschwarzer Ledergarnitur auf ihrem rabenschwarzen Cruiser vor der Wiktoria-Bar vorfahren, steht Norbert, Hubsis Freund, mit drei glatzköpfigen Männern, die aussehen wie osteuropäische Mafiosos, vor der Tür der Bar und raucht seelenruhig eine Zigarette. Eine saubere[36] Blondine Anfang zwanzig kommt gerade aus der Tür der Bar heraus. Vor sich trägt sie ein Tablett mit Bier und einen Busen Größe E. „Hubsi, schau amol, was de für a Hoiz vor da Hüttn[37] hod“, entfährt es Anna unter ihrem Helm. „Wos host gsogt?“, fragt Hubsi, der ebenfalls noch den Helm auf, das Visier zu und demzufolge nichts verstanden hat. Anna hebt ihr Visier an und wiederholt fasziniert: „Hubsi, schau amol, was de für a Hoiz vor da Hüttn hod.“ Hubsi ist gedanklich mit ganz anderen Dingen beschäftigt und reagiert nicht. Dafür erregt Anna die Aufmerksamkeit von Norbert und den anderen finsteren Gestalten.

„Na, Mäuschen, was suchst du hier?“, ruft Norbert in gestochenem Hochdeutsch zu Anna. Sein Unterton gefällt Anna gar nicht. Er erinnert sie an Bürgermeister-Mane, der immer dann hochdeutsch gesprochen hat, wenn er Anna signalisieren wollte, wer der Chef im Haus ist. Anna's Gesichtsmuskeln fangen an zu zucken – was immer dann passiert, wenn ihre Gefühle Oberhand über ihre Contenance gewinnen. Nun mischt sich auch noch eine der finsteren Gestalten ins Geschehen. In weniger geschliffenem Deutsch adressiert er an Anna: „Du – ficki, ficki?“

Das bringt das Fass zum Überlaufen. Anna, deren Nerven ohnehin schon blank liegen, nimmt den Motorradhelm vom Kopf, schüttelt

---

36 bildhübsche

37 Busen

kurz ihr Haar wie in einem 1-A-Schampoo-WerbeSPOT, geht zielgerade auf den Trupp Männer zu, lächelt nett in die Runde und brät der finsteren ficki-ficki-Gestalt ohne Vorwarnung voll eine über. Das Prackl[38] von Mann ist im ersten Moment so perplex, dass er nicht reagieren kann. Dafür die zwei Gestalten neben ihm. Blitzschnell flankieren sie Anna und halten sie unsanft mit ihren fleischigen Händen, die logische anatomische Folge von grobschlächtigen tätowierten Armen.

Inzwischen hat Hubsi gedankenverloren seinen Helm abgenommen und im Seitenkoffer des schwarzen Cruisers verstaut. Als er sich nun seelenruhig umdreht und Anna in den Fängen der Schnointreiber[39] sieht, schaltet er blitzschnell in Aktionsmodus um, zieht seinen Revolver und befiehlt den Halunken: „Finga weg von da Anna." Die zwei Glatzköpfe, die Anna in da Reißn hom[40], schauen sich an und fangen an zu grinsen. „Co chce čubčí syn?", *„Was will der Hurensohn?"*, fragt der größere der beiden Glatzköpfe. In seinem schief grinsenden Mund sitzen mehr Gold- als natürliche Zähne. „Goldstück, Finga weg von da Anna", wiederholt Hubsi nun in deutlich gereizterem Ton.

Inzwischen ist auch Norbert aus seinem Tiefschlaf erwacht und bellt die Glatzköpfe an: „Držte se od ženy!", „Pratzn[41] weg von der Frau!" Und sofort lassen die zwei Halunken von Anna ab. Das ist ja noch einmal gut ausgegangen! Unerwartet, aber gut! Und gut geht es weiter:

„Servus Hubsi", begrüßt Norbert den PHK wie einen alten Freund. Tatsächlich kennen sich Norbert und Hubsi noch aus Sandkastentagen. Viele Jahre waren sie die besten Freunde, bis einer der beiden beschlossen hat, die Seiten zu wechseln. Seither kreuzen sich ihre

---

38 der Mann

39 Zuhälter

40 festhalten

41 Hände

Wege nur mehr sporadisch. Bei einer Hausdurchsuchung zum Beispiel, bei einer Drogenfahndung oder vor Gericht. Die Wege des Herrn sind bekanntlich unergründlich.

Dennoch ist zwischen den beiden Sandkastenfreunden ein Restfunke Sympathie übriggeblieben. Was zur Folge hat, dass man sich hie und da gegenseitig aus der Patsche hilft.

Beim letzten Mal war es Hubsi, der Norbert einen kleinen Tipp gegeben hat. Heute ist es Norbert, der Hubsi mit einer verdunkelten Limousine aushilft. „Da Karrn steht scho bereit", sagt Norbert, der einem lebenden Babylonier gleicht. Zuerst Hochdeutsch, dann Tschechisch, dann tiefstes Bairisch. „Des is supa. Dank da recht sche. Bist holt a Pfundskerl", bedankt sich Hubsi. „Oba wo isn de Leich?", hakt der PHK nach. „Bschschscht, ned so laut!", schimpft Norbert und winkt Hubsi näher an sich ran, um ihm ins Ohr zu flüstern. „Boah, du stinkst ausm Maul wie a Kuah ausm Arsch[42]!", entfährt es Hubsi. Wenn er etwas auf den Tod nicht ausstehen kann, dann das. Am liebsten würde er die ganze Aktion abbrechen, so angewidert ist er von Norberts Mundgeruch. Aber das geht natürlich nicht, die Angelegenheit ist viel zu dringend. Deshalb hält er sich die Nase zu, als ihm Norbert weiter zuflüstert: „I ho no koa Leich, es hod se einfach nix ergebn. Duad ma leid." „Und du sogst, du bist a Vollprofi! Na sauber", erbost sich Hubsi. „Also Vollprofi schaut bei mir anders aus."

„I ko ned zaubern. Oa Leich hätt i, oba des is a Vietnames, und des wollds ja ned", fährt Norbert entschuldigend fort. „Fralle ned. I brauch a Leich, de wia d' Anna ausschaugt", schimpft der PHK. „Wia des kloane Blonderl oda wos?", fragt Norbert nach und nickt dabei zu Anna. „Fralle, des ho i doch gsogt! Oda hoast wos auf deine Lauschlappen[43]?", fährt Hubsi aufgebracht fort. „Des wird schwierig",

42 Du hast voll Mundgeruch!

43 Oder hörst du schlecht?

antwortet Norbert und legt seine massige Stirn in Falten. „Wos bittrechtsche soll daran schwierig sa?“, hakt der PHK nach. „I bi doch ned bled und murks die schönsten Weiba ab. Woaßt, wos de wert san?“, antwortet Norbert.

Es reicht nur ein Blick zu Anna und Hubsi weiß sofort, was solche Frauen wert sind: Ois[44]. „Und wos is mit dem Vietnamesn?“, fragt Hubsi genervt.

„A Volldepp halt; i moan, wor a Volldepp. Hod mit Christl experimentiert und is dabei hopps ganga.“

„Und wia?“

„Übadosis!“

„So a Volldepp.“

„Sog i doch.“

Anna hat den Dialog zwischen Norbert und Hubsi genauestens verfolgt und ist stolz auf ihren Liebhaber. Offensichtlich ist er ein Mann der Taten, der die Situation im Griff hat. „A Pfundskerl!“, denkt Anna anerkennend. Und als ob er über einen siebten Sinn verfügen würde, hatte er an eine blonde Perücke gedacht. Anna wird ganz warm ums Herz, wenn sie daran denkt, wie brillant ihr Hubsi ist.

44 Alles

11. Kapitel

Mit einem fröhlichen „Griaß di“ öffnet Susi dem Pfarrer die Tür. Bis dato waren die beiden nicht per du. Aber angesichts des Umstandes, dass sie nun gemeinsam unter einer Decke stecken (nicht nur metaphorisch, sondern in sehr naher Zukunft auch physisch), ist ein du auf jeden Fall legitim. „Grüß dich, Susi“, antwortet der Pfarrer förmlich. Seit der Beichte von Susi ist er im seelischen Dauerstress. Zu absurd ist die Situation, in die er geraten war.

Beim Betreten der kleinen Dachwohnung meidet der Pfarrer jeglichen Blickkontakt. „Am besten alles, was zu Nähe führen könnte, im Keim ersticken“, denkt der Pfarrer strategisch. Auch Susi denkt strategisch. Nur ist ihr Ziel ein anderes.

Mit gesenkten Augen setzt sich der Pfarrer aufrecht auf die rot-weißkarierte Couch unterm Dachfenster, schickt ein Stoßgebet zum Himmel („Hilfe Vater, ich bin in Not!“), greift nach einem der weißen Kissen, die auf der Couch liegen, und legt es sich auf die Oberschenkel. „Wuist eppa, dass i bequem sitz?“, flachst Susi, um die angespannte Situation aufzulockern. Leider war das die falsche Strategie. Denn statt zu relaxen, sitzt der Pfarrer da wie ein gespannter Bogen kurz vor dem Abschuss.

Fieberhaft denkt Susi nach, wie sie den Pfarrer in einen entspannten Zustand versetzen könnte. Und dann kommt es ihr: „I ho Bier, Wein und an Glüh vom letztn Winta“, bietet sie dem Pfarrer freundlich an. „Hast du auch ein Glas Wasser“, fragt der Pfarrer zögerlich. „Fralle ho i a Glasl Wassa. Oba des mocht doch ned locka, oder?“, antwortet Susi. „Aber ich trinke nur Wasser“, besteht der Pfarrer auf seinen Wunsch.

Also steht Susi in ihrem überaus reizvollen weißen Spitzennegligee auf, geht langsam und betont Po-wackelnd zur Küchenzeile und schenkt dem Pfarrer ein Glas Wasser ein. Das verschafft dem Pfarrer ein paar Sekunden Zeit, um sich umzusehen und seine Umgebung in Augenschein zu nehmen. Also eines muss man der Susi lassen: Sie ist eine saubere

Person. Das Apartment ist blitzblank geputzt. Und, wider Erwarten, stilvoll eingerichtet. „Schön hast du's", sagt der Pfarrer anerkennend. Susi dreht sich mit einem lasziven Augenaufschlag um und haucht: „I woaß." Dann geht sie auf den Pfarrer zu, ohne ihn aus den Augen zu lassen, setzt sich auf das Kissen auf seinen Oberschenkeln und führt ihm das Glas Wasser an die Lippen.

Auf der Stirn des Pfarrers bilden sich Schweißperlen. Als nun Susi auch noch ihre Arme um seinen Hals legt und anfängt, seine Haare zu kraulen, verschluckt sich der Pfarrer. „No, no, wos isn los?", fragt Susi mütterlich und klopft dem Pfarrer auf den Rücken. Wie sie ihn so auf den Rücken klopft und täschelt wie ein kleines Kind, rückt sie dem Pfarrer automatisch näher. Sein Gesicht ist nur mehr wenige Zentimeter von ihrem Busen entfernt. Und der ist so schön weich, dass der Pfarrer mehr und mehr von dem Verlangen übermannt wird, ihn in die Hände zu nehmen und zu liebkosen. Susi spürt den Impuls, greift nach den Händen des Pfarrers und legt sie sich, ohne ein Wort zu sagen, sanft auf ihre Brust.

Erotischer Strom fährt durch ihren Körper. Während sich ihre Brustwarzen wie gehorsame Soldaten aufstellen, spürt sie, wie ihr die Lustfeuchte aus der Scheide dringt und auch das Glied des Pfarrers zum Leben erwacht. Diese Regung will Susi ausnutzen. In Sekundenschnelle knöpft sie dem Pfarrer die Hose auf, zieht sie ihm runter und setzt sich mit ihrer pflaumig-feuchten Scham auf ihn …

Bis dato war die Bäckersusi noch nie mit einem Mann zusammen gewesen. Demzufolge hatte sie keine Ahnung, was sie erwarten würde. Sie hatte nur Fantasien, hoch erotische Fantasien. Doch das, was sie nun mit dem Pfarrer erlebt, sprengt ihre Vorstellungskraft. „Unglablich", raunt sie dem Pfarrer ins Ohr. „Das ist wahr", antwortet der Pfarrer und drückt der Susi einen Kuss auf die Stirn. In diesem Moment ist er weder Pfarrer noch Prediger noch Seelsorger, sondern einfach nur ein Mann, der sich wenige Sekunden zuvor explosionsartig in einer Frau ergossen hat.

12. Kapitel

Das Wohnzimmer in der Villa des Bürgermeisters ist hell erleuchtet. Der Bürgermeister und der Gebhard Fränk sitzen am Esstisch und sinnieren vor sich hin. „De ko doch ned vo oarn Moment af an andern verschwuna sa“, wundert sich Gebhard Fränk. Tatsächlich ist das Verschwinden von Anna höchst mysteriös.

„Des basst ned zur Anna“, pflichtet ihm der Bürgermeister bei. „Und ohne n' Luk dads nirgends higeh. Dann ken ma a Flucht oda an Suizid ausschliaßn, oda?“, fasst Gebhard Fränk zusammen. „Flucht? Wos moanst mit Flucht?“, fragt der Bürgermeister irritiert.

„Naja, dass holt abghaut is.“

„Anna dad mi nie verlassen. Und an Luk a ned.“

„Dann host as mitm waschechtn Verbrechn zdou!“

„Schaut so as.“

Dann erzählt der Bürgermeister dem Gebhard Fränk alles, was er von der Polizei erfahren hat: „Den Fall ‚Anna‘ leitet der Hubsi. I bi ma ned sicha, ob er's drauf hod. Oba der Sepp hods erst recht ned draf. Der Hubsi moant, dass d' Anna wieda aftacht. Dass einfach nur amol a Pausn braucht hod. Und dass a etz erst amol nix dua wird. Wenn' s next Woch imma no ned do is, dann stellda an Suchtrupp zam und durchforstet 's Dorf und 's Umland. Bis dahi soll i mi beruhign.“

Der Bürgermeister macht eine Pause und vertraut dann seinem Spezl an: „Ehrlich gsogt, dad i mi gfrein, wenn d' Anna nimma hoam kumma dad.“ „Ah geh, d' Anna is doch a saubere“, widerspricht Gebhard Fränk. „Des moanst a bloß du. D' Anna is a Gscheidhaferl[45], hod imma Kopfweh, du woaßt scho, wos i moin, schlechte Laune hods a,

45 Klugscheißerin

imma gibt's an Saufraß und allgemein geht's ma af d' Nervn", lässt der Bürgermeister seinem Frust freien Lauf.

„Du, mit da mei is 's Sölbe. Und dann wundern se si, dass da Watschnbaam umfollt", stimmt Gebhard Fränk in das Klagelied mit ein.

„I gib da vollkommn Recht."

„Woaßt wos Mane?"

„Wos?"

„Du vergisst d' Anna und schaugst da nach a Neija."

„Des hob i ma a docht. Und woaßt, wer mei nächsts Weih wird, d' Susi."

„Des ko i verstehn. D' Susi is a Saubere. De macht ned Muh und ned Mäh, genau so oane bracht ma. Und ausschaugn duads wiraüberfälligs Griachal[46], süaß und drall."

„Do draf trink ma!"

Gerade, als die beiden das Glas heben und anstoßen wollen, sieht der Bürgermeister eine Gestalt durch seinen Garten huschen. „Wenn des Anna is, dann konns wos erlebn", sagt er drohend. Energetisch stellt der Bürgermeister sein Glas ab, geht zum Wohnzimmerschrank, kramt einen Schlüssel aus der Tasche, sperrt die linke Schranktür auf, übrigens die einzige, die verschlossen ist, und holt ein Jagdgewehr aus dem Schrank. „Mane, was hostn vor?", fragt Gebhard Fränk erschrocken. „I schau bloß nach, wer da draußn herumgoascht[47]", antwortet der Bürgermeister in nüchternem Ton.

Wie zwei todesmutige Cowboys treten daraufhin Manfred und der Gebhard Fränk auf die Terrasse und lauschen angestrengt in die Nacht. „Do is nix", sagt Gebhard Fränk. Just in dem Moment, als Gebhard Fränk das sagt, kommt die alte Heide, die beste Freundin der

46 kleine, süße Pflaume

47 herumstreunert

alten Anni und ebenfalls „Altenheiminsassin“ (O-Ton alte Heide), hinter dem Rhododendronbaum hervorgesprungen und beginnt, wie eine Verrückte zu tanzen. Einmal dreht sie sich linksherum, dann rechtsherum, dann macht sie einen Purzelbaum und steht wieder auf, um von vorne zu beginnen. Und das alles in einem gestreiften T-Shirt, langen grauen Strümpfen und pinkfarbenem Stringtanga. „De Olde spinnt dotal; genauso wej de olde Anni und de blede Schlampn Anna“, stellt der Bürgermeister kopfschüttelnd fest, fischt sich sein Smartphone aus der Hose und ruft das Altenheim an. Der Dialog dauert mehrere Minuten und endet mit einem „SOFORT!“ seitens des Bürgermeisters. SOFORT! kann bekanntlich dauern. Und so hat die Heide noch genug Zeit, in den Teich des Bürgermeisters zu bieseln[48], um dann anschließend alles, was nicht niet- und nagelfest ist, in denselben zu werfen.

48 Wasser lassen

13. Kapitel

Der Pfarrer sitzt an seinem Schreibtisch und geht die Predigt für den nächsten Tag durch. Er will über arglistige Täuschung, Irreführung und „Notlügen“ sprechen. Ausgerechnet er, der nicht nur die Dreiheiligkeit belogen und betrogen hat, sondern auch Trudi und mit ihr die gesamte Pfarrgemeinde. „Ich bin der Schlimmste von allen“, geht der Pfarrer mit sich selbst hart ins Gericht. Schlimm genug, dass es Menschen gibt, die die Zehn Gebote nicht befolgen. Noch schlimmer sind diejenigen, die die Zehn Gebote predigen und dann brechen. Biblisch gesprochen: Wasser predigen, Wein trinken. Pharisäer eben.

Wie er sich so seinen hübschen Kopf zermartert, klopft Trudi an die Tür. An normalen Tagen würde sie, ohne das obligatorische Herein abzuwarten, ihren grauen Kopf zur Tür hineinstecken und drauflosreden. Aber mit seismografischer Genauigkeit spürt sie, dass den Pfarrer seit Tagen etwas umtreibt. Was ganz Schlimmes! „Es werd erm doch ned des Erlebnis mit de Wildsäu traumatisiert hom?“, denkt Trudi mit psychologischem Weitblick und folgender Schlussfolgerung: „Da Pforra vermisst sei Susi. Des is a Problem, des schnöll aus da Welt gschafft wern ko. A boar Mausklicks und fertig.“

Beflügelt von ihrem genialen Gedankengang schiebt sie ihre Zweifel beseite und steckt nun doch ihren grauen Kopf zur Tür hinein und sagt: „Des mit da Susi is ned so schlimm. Etz trink ma erst amol a Glasl Wein und überlegn, wos zdou is.“

Der Pfarrer wird kreidebleich vor Schreck. „Jetzt ist es aus“, fährt es ihm durch den Kopf. Wie von einer Tarantel gestochen, springt er auf und tigert haareraufend durchs Zimmer. Es dauert ein paar Sekunden, bis er auf Trudis Kommentar reagieren kann. „Das mit der Susi ist nicht so, wie du meinst. Die Dinge sind meistens anders, als sie sich darstellen. Das gilt übrigens auch für Menschen“, sagt der

Pfarrer und bekommt einen hochroten Kopf. Er schämt sich in Grund und Boden.

„Ja um Himmels Willn, se san ja ganz afbracht!“, ruft Trudi und schlägt sich mit der rechten Hand auf die Brust. „Mir geht’s auch nicht gut, ganz und gar nicht, auch wenn du das sicherlich nicht verstehen kannst“, antwortet der Pfarrer kleinlaut. „Oba natürlich ko i des versteh. I bin doch a nur a Mensch“, sagt Trudi mit mütterlichem Unterton.

„Das wohl, aber das mit der Susi kannst du nicht verstehen.“

„Oba sicha ko i des, Herr Pforra.“

„Ja wenn das so ist, dann erkläre es mir.“

„Da gibt’s nix zu erklärn. Wenn ma epan gern hod, dann hod man gern. Schluss, Ende, aus.“

„Also findest du es nicht schlimm, dass ich die Susi mag.“

„Mochte, Herr Pforra, mochte.“

„Wieso mochte?“

„Ja, weil d’ Susi nimma is.“

„Was, die Susi ist tot?“

„Ach du meine Güte, Se san ja dodal zwirrt. I glaub, Se brauchn an Arzt.“

„Ich brauche doch wegen der Susi keinen Arzt.“

„Des glaub i scho. Seit da Gschicht mit de Wildsäu sans a ganz a andra.“

„Den Wildschweinen? Was zum Teufel, pardon, was um Himmels Willen hat mein Wohlbefinden mit den Wildschweinen zu tun?“

Und dann, wie aus dem Nichts, fällt beim Pfarrer der Groschen und ihm wird klar, dass die Rede nicht von der fleischlichen Susi, sondern von der Gummisusi ist. Deshalb macht er eine 180-Grad-Kehrtwende und sagt: „Trudi, ich wollte es nicht zugeben; aber tatsächlich hat mich die Sache mit den Wildschweinen arg durcheinandergebracht.“ „Wusst i’s doch!“, antwortet Trudi triumphierend. „I kenn doch mein Pforra“, fügt sie augenzwinkernd hinzu. „Wenn’s Erna recht is, hol i a Flasch Wein mit zwoa Glasn und dann mach ma’s uns gmütlich." „Das ist eine sehr gute Idee, Trudi. Das machen wir", antwortet der Pfarrer erleichtert.

Trudi holt den besten Wein, den sie finden kann: einen toskanischen Rotwein. Sie übernimmt das Entkorken, da sie den Pfarrer in seinem labilen Zustand und seinen zwei linken Händen nicht mit dem Korkenöffner hantieren lassen will. Geschickt öffnet sie die Flasche und schenkt beiden einen gehörigen Schluck Rotwein ein. Das Leben als Wirtstochter war wohl doch nicht ganz umsonst gewesen. Übrigens kann Trudi nicht nur Weinflaschen bravourös entkorken, sondern auch zwanzig Massen auf einmal stemmen. Ein Pfundsweib eben.

„Zum Wohl, Herr Pforra", sagt Trudi, prostet dem Geistlichen zu und nimmt einen großen Schluck. Der Wein schmeckt nach Johannisbeeren, Erdbeeren, Marzipan und Gewürzen. „Sehr gut", lobt der Pfarrer, „da hast du einen edlen Tropfen ausgesucht." „Ned so an Fussl wej da Messwein, ned woar?!", scherzt Trudi, der der Wein bereits zu Kopf gestiegen ist. Der Pfarrer findet die Aussage gar nicht lustig. Da er die Trudi aber nicht verärgern will, sie vielmehr als Verbündete braucht, lächelt er ihr konspirativ zu.

Seine Predigt hat der Pfarrer inzwischen vergessen. Wen interessieren schon arglistige Täuschungen, Irreführungen und Notlügen, wenn man sich dem wohligen Gefühl des Rausches hingeben kann. Am nächsten Tag würde er eben improvisieren müssen.

(Anmerkung von Franzi Wolf: Das war übrigens nicht die einzige Flasche, die der Pfarrer und die Trudi an diesem Abend platt gemacht haben. Es mussten noch zwei weitere Flaschen daran glauben – wobei die Hälfte der zweiten nicht mehr getrunken wurde und ihre Bestimmung im sonntäglichen Rinderbraten fand.)

14. Kapitel

B(eate)**luts**(usi)**schw**(altraud)**e**(lies)**stern**. Ein bisschen kompliziert, aber diesen Namen haben sich Beate, Susi, Waldtraud, kurz Walli, und Elies gegeben, als sie zwei Jahre zuvor damit begonnen haben, sich regelmäßig freitags zu betrinken. Beate, weil sie mehr männliche Anteile hat als weibliche und somit per se alkoholgefährdet ist. Susi, weil sie nicht nein sagen kann. Walli, weil sie sich gerne mal einen guten Tropfen gönnt. Und die Bestattungsinstitutsbesitzerin Elies aus Frust.

Nicht nur die Gründe für ihre Trinkgelage könnten unterschiedlicher nicht sein. Auch die Frauen selbst sind jede für sich ein Unikum:

- Beate, herbe Ende 40, maskulin, eiskalt, wasserstoffblond, Frau des Dorfmetzgers Heribert
- Susi, dralle Anfang 20, in der Blüte ihres Lebens, naiv, dafür umso bauernschlauer, seit Neuestem Geliebte des Pfarrers
- Walli, belesene Anfang 50, Ex-Nonne mit Mutter-Teresa-Syndrom, sanftmütig, gutgläubig, verwitwet
- Elies, vernachlässigte Anfang 40, in ihrem tiefsten Inneren liebenswert, aber verbittert, da einsam. Beziehungsstatus: SINGLE seit unzähligen Jahren

Was die vier Frauen wiederum vereint, ist, neben dem Hang zu Hochprozentigem, ihre Pünktlichkeit. Sie ist ihr gemeinsamer Nenner. Und so stehen sie am Freitag, Punkt 19 Uhr, vor dem Wirtshaus zum Goldenen Hirschen, um eben diesen gemeinsam zu betreten. Beate wie immer in Jeans und einem abgetragenen rot-schwarzen Holzfällerhemd von Heribert, Susi in einem schicken hellblauen Bonbonkleid und weißen Ballerinas, Walli in biederer geblümter Hausfrauentracht und Elies im – hört, hört – gepflegten marineblauen Hosenanzug zu weißer Bluse.

Zielgenau steuert das Quartett auf die Bierstube zu, die immer freitags für sie reserviert ist. Normalerweise kann man die Bierstube nur ab zehn Personen reservieren, schließlich will der Dorfwirt Sepp[49] Umsatz machen. Aber Beate, Susi, Walli und Elies sind so trinkfreudige und -feste Kundinnen, dass Sepp in ihrem Fall ein Auge zudrückt – zumal er das andere Auge auf die Bäckersusi geworfen hat.

„Mädls, wollts an Schnaps?", fragt Sepp. „Fralle, vier Willis", antwortet Elies. „Woaßt wos, bring glei achte", mischt sich Beate ein. „Wenn des so is, dann topp i des: bring zwölfe", lehnt sich Susi weit aus dem Fenster. „Ist das nicht ein bisschen viel, so vor dem Essen", gibt Walli zu Bedenken. „Ah geh, Walli, des schaff ma mit links", sagt Susi und strahlt in die Runde.

Susi sieht an diesem Abend zum Anbeißen aus. Nicht wie eine überreife Pflaume kurz vor dem Zerplatzen, sondern zutiefst befriedigt. „Susi, was isn mit dir los?", fragt Beate mit neidischem Unterton. Solange alle Blutsschwestern mit den üblichen Alltagssorgen und unbefriedigten Bedürfnissen zu kämpfen haben, ist für Beate die Welt in Ordnung. Wenn dieses Gleichgewicht ins Wanken gerät, kann es problematisch werden.

Zu Walli muss gesagt werden, dass es bei ihr nicht um persönliche, unbefriedigte Bedürfnisse geht. Ach woher. Bei Walli geht es um das große Ganze, um die irdische Ungerechtigkeit als solche. Wie zum Beispiel die Sache mit den Flüchtlingen. Walli würde allen in Not geratenen Menschen Zuflucht gewähren, so, wie es das Christentum verlangt. Und damit steht sie auf verlorenem Posten. Wochenlang hatte sie mit dem Bürgermeister und Gebhard Fränk um eine Lösung für die acht Flüchtlinge aus Afrika, inklusive Taio, auch bekannt unter dem Namen Dorfdepp Xaver, gerungen. Es ging um ganz einfache Dinge wie menschenwürdige Unterkunft und um nicht ganz so ein-

49 Josef

fache wie Teilhabe und Integration. Für den Bürgermeister und den Gebhard Fränk war es damit getan, den acht Afrikanern eine Unterkunft namens Bruchbude zur Verfügung zu stellen; die horrende Miete strich Gebhard Fränk ein. Teilhabe und Integration interessierten sie nicht. „De wern si doch selbst integriern kenna“, schnaubte Gebhard Fränk. „Des sigh i genau so. Des san doch Manna. Oda eppa ned?“, pflichtete der Bürgermeister bei und ergänzte: „Wenn se se staad holtn, d' Sprach lerna, orbarn und unsere Weiba in Ruah lossn, is ois in Ordnung.“

Alles nicht so einfach – auf einem fremden Kontinent und ohne Hilfe. Deshalb nahm Walli das Ruder in die Hand und kümmert sich seither um die afrikanischen Männer, so gut sie kann. Sie organisiert Kleiderspenden, gibt den Männern Deutschunterricht, kontaktiert alle möglichen und unmöglichen Arbeitgeber der Region, um die Afrikaner in Lohn und Brot zu bringen, initiiert Freizeitaktivitäten und bekocht die Männer jeden Sonntag. Ganz schön viel Aufgaben für einen Menschen. Aber der Wunsch zu helfen, gibt Walli Kraft.

Auch Susi strotzt vor Kraft, womit wir wieder bei der Bemerkung von Beate wären: „Susi, was isn los mit dir?“ „Wos solln sa?“, fragt Susi betont naiv. „Du schaugst so anders as!“, lässt Beate nicht locker. Wie gut, dass gerade der Sepp kommt und die zwölf Schnaps plus vier weitere aufs Haus bringt mit einem „Prost Mädels“. „Dank da sche! 's nächste Mol bringst bloß vier Glasln, de Nullzwora“, sagt Beate, „dann muaßt ned so vual abspualn.“ „Des is ma wurscht, weil ned i, sondarn da Schwoarze, woaßt scho, oana von de Morn, abspült“, antwortet Sepp mit einem schiefen Grinsen.

Nun zurück zu Susi, die Beate noch eine Antwort schuldig ist. Um sich eine weitere Verschnaufpause zu verschaffen, nimmt sie sich einen der vier Schnäpse, die in Reih und Glied vor ihr stehen, sagt „Prost“ und stürzt ihn hinunter. Beate, Walli und Elies folgen ihrem Beispiel. „Ah, duard des guad“, entfährt es Elies. Und weil es so gut tut, spült das Quattro gleich mit dem nächsten Obstbrand nach und noch einmal und noch einmal.

Der Susi wird es ganz damisch im Kopf. Sie hat den ganzen Tag kaum was gegessen, was absolut untypisch für sie ist. Nur der frische Topfenstrudel mit Vanillesoße war in einem schwachen Moment stärker als ihre Verliebtheit. Aber das war eben nur ein Stück. Und wenn man bedenkt, dass die Susi seit 5.30 Uhr auf den Beinen ist, dann ist das recht wenig.

So kommt es, dass sich die Zunge der Susi durch den Schnaps langsam, aber sicher löst und sie endlich antwortet: „I ho mi verliabt." „Wusst i's doch!", antwortet Beate triumphierend. Auf ihren Instinkt kann sie sich verlassen. „Und, bist d' glücklich verliabt?", bohrt sie nach. „Und wia!", antwortet Susi strahlend. „Sepp", schreit Beate, „bring uns no a Rundn." Dann an Susi gewandt: „Und, derf ma erfahrn, wer 's is?" Kurze Pause, dann rutscht es der Susi raus: „Da Pforra!"

Nun werden auch Walli und Elies, die bisher nur Statistinnen des Verhörs waren, hellwach. Die Walli vor Entsetzen, die Elies vor Neid. Zuerst sind sie sprachlos aufgrund Susis Offenbarung. Dann, als sie die Nachricht halbwegs verdaut haben, bombardieren sie Susi mit Fragen: „Seit wann?", „Wie oft?", „Wie lang?" und so weiter und so weiter. „So also fühlt se a Kraizverher o", denkt Susi und steht den drei Blutsschwestern tapfer Rede und Antwort.

Bis zum Rauswurf aus dem Goldenen Hirschen, der mit einem Vollrausch aller beteiligten Frauen einhergeht, hat Susi alle Details ihres amourösen Abenteuers preisgegeben, auch die Ursache für ihr Liebesglück: nämlich der vermeintliche Mord an Anna.

15. Kapitel

In der Wiktoria-Bar im Stadtosten von Regensburg haben sich die Wogen geglättet. Die saubere Blondine mit dem E-Busen trägt sieben Eiskaffees aus der Bar. „Co to je?“ „Was ist das?“, fragt Milan, einer der tschechischen Glatzköpfe. „To je Eiskaffee“, *„Das ist Eiskaffee“*, antwortet Norbert. „A to je pro nás?“, *„Und der ist für uns?“*, fragt einer der Glatzköpfe. „Ano, pro vás!“, *„Ja, für euch!“*, sagt Norbert gönnerhaft.

Gierig nimmt sich Milan einen Eiskaffee vom Tablett der sauberen Blondine und Zbycek und Miroslav tun es ihm gleich. Das Tablett der sauberen Blondine kommt gehörig ins Wanken. Als sich nun auch noch Hubsi ohne Vorwarnung vom Tablett bedient, verliert Mirka, die saubere Blondine, vollends die Kontrolle über das Tablett, sodass die beiden übrigen Eiskaffees umkippen und sich über ihrem Dekolleté ergießen. „Taková prasarna!“, *„So eine Sauerei!“*, flucht Mirka. Auf ihrem ausladenden Busen sitzen zwei Kugeln Vanilleeis und zwei Sahnehäubchen.

Zbycek und Miroslav stehen sofort Gewehr bei Fuß und bieten sich – ganz gentlemanlike – an, die Sauerei an Ort und Stelle aufzuschlecken. Doch es ist Punkt 13 Uhr und damit Feierabend für Mirka. Anstatt die beiden Tschechen schlecken zu lassen, friert Mirka ihr zuckersüßes Lächeln ein, zeigt den Männern den Mittelfinger und eilt fluchend in die Bar. Und Anna hinterher. Solidarität unter Frauen muss sein.

Während Anna Mirka folgt, sucht sie in ihrer rabenschwarzen Motorradhose nach einem Taschentusch, findet aber keins. „Des is mol wieda typisch“, ärgert sie sich. „Was ist typisch?“, fragt Mirka in einwandfreiem Deutsch mit osteuropäischem Akzent. „Dass i koa Tempo do ho, um de Sahne und 's Eis vo deim Dekolleté zu putzn“, antwortet Anna. „Das ist nicht weiter schlimm, ich wasche mir die Sahne und das Eis im Klo ab", antwortet Mirka unkompliziert. „I hülf da", bietet Anna ihre Hilfe an. „Gerne", sagt Mirka und lächelt ihr freundlich zu.

Anna fragt sich, wie es Mirka schafft, so frisch auszusehen, wo sie doch in der Rotlicht-Szene arbeitet. Sie möchte ihr aber nicht zu nahe treten, deshalb beginnt sie die Unterhaltung mit Einblicken in ihr bisheriges Leben, während sie die Sahne und das Eis von Mirkas Busen putzt.

Anna erzählt von ihrem Heimatdorf, dass sie einen Sohn hat, dass sie sich jahrelang um Haus und Hof gekümmert hat und als Dank für ihre Mühen wie ein Fußabstreifer behandelt wurde. „Das kenne ich", pflichtet ihr Mirka bei. Dann erzählt Anna von dem Mord am Regen und ihrem Entschluss, die grausame Tat für sich zu nutzen und unterzutauchen. „Ab etz werd i glücklich und zfriedn mitm Hubsi lebn", sagt Anna. „Und dein Mann?", fragt Mirka. „Da Mane ko ma gstohln bleim. Soll erm doch da Deifl holn", sagt Anna eiskalt.

„Ich kenne auch einen Manfred, wir nennen ihn ‚Nuttenmane'", beginnt Mirka zu erzählen. „Er kommt in regelmäßigen Abständen, meistens vormittags, und sagt dann, als ob alle Prostituierten blöd wären: ‚Du – ficki, ficki?'", erzählt Mirka angewidert. Manchmal hat er seinen fetten Freund dabei, dessen Namen ich nicht kenne. Nuttenmane allein ist schon schlimm genug mit seinen abartigen Sado-Maso-Spielchen. Aber wenn die zu zweit kommen, dann wird's richtig böse. Dann muss die unverwüstliche Boa ran." *(Anmerkung von Franzi Wolf: Boa ist eine über 50-jährige Transsexuelle.)*

„Des is ja widerlich", empört sich Anna. „Komisch, dass alle Manes Arschlöcha san", fährt sie fort. „Nicht alle, aber offensichtlich deiner und der Nuttenmane", antwortet Mirka. Die beiden Frauen führen ihr Gespräch über ihre Erfahrungen mit Manes fort: „Du, mei Mo hod a so an fettn Freind, den Fränk. Den mog i a gar ned. Der schat mi ollawal so o, als ob i Frischfleisch waar", erzählt Anna ihrer neugefundenen Freundin. „Jetzt, wo du es sagst, fällt mir ein, dass der Freund vom Nuttenmane auch Fränk heißt. So ein Zufall aber auch", ist Mirka erstaunt. „Des is echt a Zufoll", ist auch Anna verwundert. Es kommt ihr ein Gedanke, blitzschnell, den sie aber zunächst nicht äußert. Stattdessen verabschiedet sie sich von der sauberen Mirka mit einer herzlichen Umarmung und geht zurück zu den Männern.

„Du Hubsi, ko i dei Smartphone hom?“, bittet Anna ihren Liebhaber. „Fralle konnst des hom“, antwortet Hubsi, den Anna um alles bitten könnte. Anna nimmt sich Hubsis Smartphone und ruft bei Lukas an. Sie hat ihm versprochen, sich in regelmäßigen Abständen bei ihm zu melden. Und natürlich würde sie ihn zu sich holen, sobald die Rahmenbedingungen geklärt wären. Bis dahin müsse er aushalten.

Anna wählt Lukas' Nummer. Es klingelt einmal, zweimal, sooftmal, bis der Anrufbeantworter angeht: „Servus, des is d' Numma vom Lukas, dem Lukas. I bin leida verhindert, ruaf oba zruck, sobald i nimma verhindert bi.“ Dann ein langgezogener Piepton. Schnell spricht ihm Anna alles Wichtige auf die Sprachbox und beendet ihre Ausführungen mit einem „I ho di liab.“

Anstatt Hubsi das Telefon zurückzugeben, geht Anna noch einmal in die Bar und sucht nach Mirka. Die saubere Blondine ist gerade in Aufbruchstimmung. „Du Mirka, host du a Sekundn?“, fragt Anna.

„Ja, kurz habe ich Zeit. Dann muss ich aber dringend ins Bett. Meine nächste Schicht beginnt nämlich um 22 Uhr.“

„I mach a ganz schnell“, beschwichtigt Anna. Dann nimmt sie das Smartphone und googelt ihren Mann. Sofort erscheinen x Bilder von ihm, dem Bürgermeister par excellence. Sie hält Mirka das Smartphone hin und fragt: „Is des dei Mane?“ Die Augen von Mirka füllen sich mit Abscheu. Dann sagt sie: „Ja, das ist das Schwein.“

Der Anna wird es ganz schwindelig, sie muss sich setzen, um nicht umzukippen. Es dauert ein paar Sekunden, bis sie sich wieder gesammelt hat und Mirka anvertraut: „De Sau is mei Mo. De scheinheilige Drecksau.“

Als Anna ein zweites Mal aus der Bar kommt, ist sie sichtlich verstört. „Anna, wos isn los mit dir?“, fragt Hubsi besorgt. „Nix is los“, antwortet Anna abweisend. „I spür doch, dass d' eps host“, lässt Hubert nicht locker und schaut sie eindringlich an. Er will noch weiter nachbohren, als Mirka aus der Bar rauskommt, die Runde mit einer Kusshand bedenkt und der Anna zuruft: „Den Nuttenmane vergisst du ganz schnell und fängst ein neues Leben an!“

Anna wird puterrot im Gesicht, so sehr schämt sie sich. „Wos hostn du mitm Nuttenmane zu dua?“, fragt Norbert neugierig. Und dann platzt es aus Anna raus: „Des Arschloch is mei Mo.“ Das sitzt!

16. Kapitel

Der Pfarrer sitzt im Pfarrgarten und lässt den Herrgott Herrgott sein. „Ach Trudi, schön ist es, auf der Welt zu sein, nicht wahr?!“, träumt er laut vor sich hin. „Jo, Herr Pforra, wundersche. Und schauns amol, wej de Rosn sche blüahn“, antwortet die Pfarrhaushälterin.

„Das ist dein Werk, Trudi, weil du sie so toll hegst und pflegst.“

„Na, Herr Pforra, des is sei Werk und i bi ja nur sei Werkzeig“, antwortet Trudi und augenzwinkert in den Himmel. Der Pfarrer muss über das konspirative Zwinkern von Trudi zum Herrgott herzlich lachen. „Trudi, du bist wirklich ein verrücktes Huhn“, scherzt er. „I und a verrückts Huhn?“, fragt Trudi und fängt sogleich an, wie ebensolches durch den Garten zu gackern. Die beiden sind so herrlich schwerelos. Da könnte man glatt neidisch werden.

Ding Dong, klingelt es an der Haustür. „Trudi, sei so nett und öffne bitte die Tür. Ich sitze gerade so angenehm und möchte noch ein paar Minuten verschnaufen, bevor ich mich an die Arbeit mache“, bittet der Pfarrer höflich. „Fralle, Herr Pforra, i woaß doch, dass Se de holbe Stund nachm Mittagessn zum Krafttanka braucha. Wej hod erna eigentlich ’s Mittagessn gschmeckt?“, entgegnet Trudi fürsorglich.

„Wunderbar! Aber das sagte ich bereits, oder?“

„I ko mi ehrlich gsagt nimma erinnern. Oba mir hods a sehr guad gschmeckt. Des Backhendl wor so saftig!“

Trudi würde nun liebend gerne weiterschwärmen vom Essen – eines ihrer Lieblingsthemen muss man wissen, aber es läutet ein zweites Mal, und dieses Mal deutlich fordernder: Ding Dong, Ding Dong, Ding Dong, Ding Dong, Ding Dong. „Mein Gott, wos eiltn so?“, echauffiert sich Trudi und huscht zur Tür.

Die Pfarrhaushälterin ist überrascht, Beate, die Frau des Metzgers, vor der Tür zu sehen. „Griaß Gott, Frau Brandl. Wos führt Sie zu uns?“, fragt Trudi höflich. „I muass zum Pforra“, antwortet Beate ohne ein Grüß Gott oder Servus.

„Bressiert’s[50]? Da Pforra holt grod sei Mittagsruah und i dad an nur ungern störn.“

„Fralle is dringend, sonst war i ned do“, pampt Beate. „Also guad“, gibt sich Trudi geschlagen, „er sitzt im Pforrgoartn und gniaßt d’ Sun und de Rosn, dej i zicht ho. Kummas eine!“

Beate folgt der Trudi durch das Pfarrhaus in den Pfarrgarten. Sie blickt sich um und muss feststellen, dass das der schönste Garten ist, den sie je gesehen hat. „Sappralot[51]“, entfährt es Beate, als sie die Blumenpracht sieht. Sie selbst hat so gar kein Gespür für Schönheit und Ästhetik und ist immer wieder überrascht, wenn sie mit ihnen konfrontiert wird.

„Grüß dich Beate“, sagt der Pfarrer freundlich, als er Beate sieht. „Sers[52]“, antwortet Beate kurz angebunden. „Was führt dich zu uns?“, fragt der Pfarrer.

„I muass mit erna sprecha.“

„Na dann, sprich“, ermuntert der Geistliche die Frau des Metzgers. „I muass mit erna unta vier Augn sprecha“, antwortet Beate mit Nachdruck.

„Also gut Beate, dann lass uns in die Laube gehen. Trudi bringt uns gleich einen Kaffee, nicht wahr Trudi?“

Beate folgt dem Pfarrer zu einer gusseisernen Laube, die man problemlos in den Garten von Ludwig den XIV. verorten könnte. Verspielt, von Rosen umrankt und tipptopp gepflegt. Die Idylle wirkt sich beruhigend auf Beate aus. Ihre verhärmten Gesichtszüge entspannen sich und für einen Moment sieht sie sogar ein wenig ansehnlich aus. Aber eben nur für einen kurzen Moment. Denn als sie zu sprechen

50 Ist es eilig?

51 Potzblitz

52 Servus

beginnt, verhärtet sich ihr Blick und sie könnte problemlos den Bösewicht im nächsten James Bond-Film spielen:

„I kim glei zur Soch, Herr Pforra. I mog des Geplänkel ned. Genau so weng wias Vorspiel, des mog i a ned. I brauchs hort, sonst brauch i nix. Da Heribert is a Weichei. Der ko ned amol a Sau schlachtn. Und des soll a Mo sa!? Des is a Waschlappn und sonst gor nix. Koa Wunda, dass i erm imma wieda oarne langa mua. Der hods ned anders verdient."

„Aber Beate, glaubst du wirklich, dass du deinen Mann durch Schläge härter machst?", fragt der Pfarrer und setzt das härter mit seinen Zeige- und Mittelfingern gestikulierend in Gänsefüßchen. „Und wäre es nicht besser, wenn du ein wenig weicher werden würdest?"

„Um Gods Wuiln, i soll a no weich wern? Sicha ned", antwortet Beate brüsk. Sich dem freundlichen Wesen ihres Mannes anzupassen, käme ihr niemals in den Sinn. Und warum sollte sie auch? Sie hat bereits einen Plan, wie sie ihr Liebesleben künftig ganz in ihrem Sinne gestalten will: „Sie, Herr Pforra, sie müassn etzad herholtn!"

„Jetzt ist sie völlig durchgeknallt", denkt der Pfarrer und schaut Beate mitfühlend an. Gleichzeitig überlegt er, ob er nicht gleich einen Krankenwagen rufen sollte. Im Dorf nennt man sie heimlich „Die Schlächterin" oder „Hannibal Lecter". Offensichtlich nicht von ungefähr. Dem Pfarrer wird plötzlich angst und bange. Er versteht den Besuch von Beate nicht. Will sie, dass er ihr einfach nur zuhört? Oder worauf will sie hinaus? „Beate, wie kann ich dir helfen?", fragt er deshalb in betont fürsorglichem Ton. Gerade, als sie antworten will, kommt Trudi mit Kaffee und selbstgemachtem Erdbeerkuchen. Behände deckt sie den Kaffeetisch und lässt den Pfarrer und Beate wieder allein. Wenn man die beiden nicht kennen würde, könnte man meinen, sie haben ein Tète-á-Tète. Aber das haben sie nicht.

„Wia i scho gsogt ho, mog i des ganze Geplänkl ned. Also kum i etzad glei zur Soch: Sie vegln mi und i holts Mal!", wiederholt Beate eiskalt. Als sie das sagt, holt sie aus ihrer schwarzen Nietenhandtasche Handschellen hervor und zwinkert dem Pfarrer verschwörerisch zu. Derselbige versteht nur mehr Bahnhof: „Beate, willst du mich festnehmen?“, fragt er völlig irritiert. „Omei, scho wieda so a Haumdaucha[53]. Fralle ned. Mit de Handschelln kett i Si etz ans Bett und dann vegl i Si, bis Se d' Susi vergessn hom. Und wenns' ned mitmacha, dann woaß bold 's ganze Dorf von da Anna und wia ses ermordet hom und dass etzad mit da Susi schnacksln. Olso, wos is erna leyba?“

Grundgütiger. Der Pfarrer wird kreidebleich im Gesicht und ein eiskalter Schauer fährt ihm über den Rücken. Am liebsten würde er sofort Reißaus nehmen. Aber was bleibt ihm anderes übrig, als Beate Folge zu leisten?! Und so führt ihn Beate noch an diesem unheilvollen Nachmittag ein in die Welt ihrer ganz persönlichen Sexpraktiken. Der arme Pfarrer.

53 Haubentaucher; jemand der schnell abtaucht, wenn's gefährlich wird

17. Kapitel

Mit den ersten Sonnenstrahlen, die durchs Fenster dringen, wacht Elies auf. Sie ist noch müde und ihr Kopf schmerzt. Wieder einmal hat sie am Vortag zu viel getrunken. Aber ihre Lebenssituation ist gerade so unbefriedigend und trostlos, dass sie nicht anders kann, als sich in den Schlaf zu trinken.

Sie ist überfordert mit ihrer alten Mutter, die sie pflegt. Sie ist überfordert mit dem Bestattungsinstitut, das sie allein führt, weil der zweite Teilhaber, ihr Bruder Markus, lieber im Goldenen Hirschen sitzt. Sie ist überfordert mit den vielen Gedanken, die sie hat. Hätte sie Familie, hätte sie keine Zeit für schlechte Gedanken. Dann würde sie sich um Mann und Kinder kümmern. Mit einem Liebhaber würde sie sich auch zufriedengeben. Hauptsache, sie wäre nicht mehr allein und angewiesen auf die Volksfestwochen, wenn jeder mit jedem verkehrt. Sie will das nicht mehr. Vielmehr will sie einen Mann an ihrer Seite, der was hermacht. Aber so jemanden zu finden, noch dazu mit Anfang 40, ist nicht so einfach.

Ihre Gedanken wechseln den Kurs und sind plötzlich bei Susi, der Bäckersusi. Sie hatte die Susi mit ihrer herrlich erfrischenden Art immer gemocht. So unbedarft, so süß, einfach nur zum Anbeißen. Und nun hegt sie einen Groll gegen die Susi, der ihr gar nicht gut tut. Seit dem letzten Blutsschwesternstammtisch hat sich etwas verändert. Sie ist neidisch und eifersüchtig auf Susi. Neidisch auf die Jugend und hocherotische Aura, die Susi umgibt. Ganz zu schweigen von der Leichtigkeit, mit der Susi durchs Leben tanzt. Und eifersüchtig ist sie auf die Zweisamkeit, die Susi mit dem Pfarrer erlebt. Es macht sie ganz wahnsinnig zu wissen, dass sie nackt nebeneinanderliegen, sich küssen, liebkosen, reden.

Sie muss aufstehen, sonst wird sie im Bett verrückt.

Elies geht ins Bad und schaut in den Spiegel. Sie sieht eine attraktive Frau in den besten Jahren. Und sicherlich könnte sie den einen oder anderen Verehrer haben, wenn sie sich mehr pflegen würde und wenn da nicht der verbitterte Zug um ihren Mund wäre, der sich in den letzten Jahren immer deutlicher abzeichnete. „I muass an Weg aus der Sackgassn fina“, denkt Elies. Zum ersten Mal seit Langem verspürt sie so etwas wie den Wunsch, ihr Leben selbst in die Hand zu nehmen. Ihr Blick wandert zu dem kleinen gelben Notizzettel, den sie vor ein paar Jahren in die linke untere Spiegelecke geklebt hat. „Du bist kein Opfer“, steht dort zur Erinnerung. „Genau, du bist koa Opfa“, adressiert sie an sich selbst und beginnt, sich zum ersten Mal seit Monaten sorgfältig zu schminken. Zufrieden lächelt sie ihrem Spiegelbild zu und geht ins Erdgeschoss, wo neben einer Speisekammer und einem behindertengerechten Bad die Küche und das Zimmer ihrer pflegebedürftigen Mutter sind. Sie stellt den Radio an, lässt sich an ihrem nigelnagelneuen Kaffeevollautomaten einen Cappuccino runter, bereitet das Frühstück für ihre Mutter vor und summt dabei vor sich hin.

Sie kann selbst nicht sagen, was ihre Laune gehoben hat. Aber irgendetwas ist an diesem Morgen passiert. Und dann die Offenbarung: „I bi koa Opfa. Und wal i des ned bi, nimm i mei Lebn etz selbst in d' Hond und schnapp ma an Bürgermoasta. Etz oda nie.“

Die Chancen auf Erfolg stehen gar nicht schlecht: 1. Die Frau des Bürgermeisters ist weg, verschwunden, unauffindbar. 2. Die Bäckersusi ist emotional und erotisch versorgt und keine Gefahr mehr. Damit hat sie freie Bahn.

18. Kapitel

Die Geschichte vom Nuttenmane hallt vor der Wiktoria-Bar noch ordentlich nach. Zbycek und Miroslav schauen sich angewidert an. Sie hatten mit Nuttenmane bereits das Vergnügen, und zwar an ihrem ersten Arbeitstag als illegale Arbeitskräfte in der Wiktoria-Bar im Stadtosten Regensburgs.

Es war später Vormittag und Nuttenmane betrat wie der Rotlichtkine[54] höchstselbst die Bar. Zum olivgrünen Armani-Anzug trug er Cowboystiefel aus echtem Schlangenleder und ein fettes Lächeln im Gesicht. An einem durchtrainierten Mann wie beispielsweise an Hubsi hätte das Styling wunderbar ausgesehen – mal abgesehen von dem fetten Lächeln. Doch an Nuttenmane sah es einfach nur scheiße aus. Was vermutlich auch mit seinem Ganzkörperpelz, den er mit offenem Hemd bis zum Bauch zur Schau stellte, zusammenhing.

Die Damen in der Bar verabscheuten ihn. Und obwohl er ausgesprochen gut zahlte, wollte ihm keine ihre Dienste erweisen. Also musste einmal mehr Boa, die Wunderwaffe der Wiktoria-Bar, ran.

Boa war kurz vor ihren Tagen, die sie als Transsexuelle und in ihrem Alter gar nicht (mehr) haben konnte. In der Bar ließ man ihr den Spleen. Sollte sie einmal im Monat spinnen. Das Problem war nur, dass Boa dann auch aggressiv werden konnte. Vor allen Dingen dann, wenn Freier ihr und ihren Kolleginnen gegenüber unsanft wurden. Dann verwandelte sich Boa in eine Boa Constrictor, indem sie die unsanften Freier mit ihren XXL-Oberarmen so stark herzte, dass sie kollabierten. Seither kleben im ganzen Haus Aufkleber mit der Notruf-

---

54 Rotlichtkönig

nummer 112. Das war vor allem für die ausländischen Angestellten, also für 90 Prozent der Belegschaft, eine überlebenswichtige Nummer.

Zurück zur „Nuttenmanenummer", die der Bürgermeister aus dem irgendwo im bayerischen Nirgendwo mit Anastasia schob. Die blutjunge Russin, die mit gefälschten Papieren und einer Menge Hoffnung in einem Lastwageninneren nach Deutschland kam, war zur Zeit des Vorfalls das angesagteste Mädchen in der Wiktoria-Bar. *(Anmerkung von Franzi Wolf: War deshalb, weil man in der Branche sehr schnell das Verbrauchsdatum erreicht.)* Aber es gab eine Regel, wenn man sie buchen wollte: kein Sado-Maso, nur Blümchensex. Schließlich war sie noch minderjährig.

Nuttenmane, der aussah wie ein behaarter Armani-Schlangenleder-Kasperl, hätte schon für die Blicke, mit denen er Anastasia lüstern auszog, zahlen müssen. So ekelhaft waren sie. Boa, die an diesem Tag die Buchungen und die Kasse machte, wollte Nuttenmane das Mädchen nicht anvertrauen. „Ich kenne dich doch, du alte Sau. Du kannst nur SM", sagte sie zu ihm, als er um Anastasia zu feilschen begann. „I zol a den fünffachn Preis", ließ Nuttenmane nicht locker. Da der Umsatz an diesem Vormittag noch recht mau war, gab Boa schließlich nach. Anders als von Nuttenmane gewünscht, gab sie den beiden jedoch das Zimmer mit der Nummer 13 anstatt Zimmer Nummer 17, die SM-Lounge. In Zimmer Nummer 13, das an ein gemütliches Zimmer in einer Pension im Voralpenland erinnerte, war die Besonderheit, dass es von Boa videoüberwacht werden konnte.

Und so kam es, dass Boa, während sie die Buchungen und die Kasse machte, mit einem ihrer grell geschminkten Augen immer wieder zum Bildschirm schielte, um sicherzugehen, dass dem Küken des Bordells kein Leid zugefügt wurde. Als sie gerade mit einem gutaussehenden, hochgewachsenen, gepflegten Bänker mit Dreitagesbart, guten Manieren und außergewöhnlichen Wünschen zugange war und die 13 für wenige Minuten aus dem Auge verlor, eskalierte die Situation in dem voralpenländlichen Zimmer. Nuttenmane hatte Anastasia ein Hundehalsband so eng um den Hals gelegt, dass die junge Frau kurz vor dem Ersticken war. „Die alte Drecksau", entfuhr es Boa. Sie ließ den Schnieken an der Kasse stehen, stürmte wie eine Furie in enganliegender Schlangenhaut und silberner Boa in die 13 und hätte Nuttenmane zerquetscht, wären Zbycek und Miroslav dem Freier nicht zu Hilfe gekommen. Bei dem Kampf handelten sich Zbycek blaue Flecken und einen Satz neuer Zähne ein, Miroslav einen gebrochenen Arm und einen gebrochenen Unterkiefer und Nuttenmane eine Fahrt in die Notaufnahme des nächstgelegenen Krankenhauses.

„Mia kommts Kotzen", entfährt es Anna, als sie die Geschichte hört. Noch mehr pikante Details aus dem Leben ihres Mannes – und sie muss in die Klapse[55]. „Mia a! Und damitsdn nimma wieda sehng muasst, müass ma unsern Plan realisieren", unterstreicht Hubert. Und dann an Norbert gewandt: „Wo liegnt da Vietnames?" „Im Eisschrank", antwortet Norbert kühl. „Ja fralle. Sonst dad a jo zu stinga ofanga", schlussfolgert Hubert richtig.

Gemeinsam machen sie sich auf den Weg zum Eisschrank. Als Norbert diesen öffnet, wird er von dem geeisten Vietnamesen fast erschlagen. Schnell schließt er ihn wieder. „Miro, pomoz mi, *Miro, hilf mir*", befiehlt Norbert dem Tschechen. Im schwerwiegenden Wiegeschritt schreitet Miro zur Tat. Eins, zwei, drei! Norbert reißt die Eisschranktür ein zweites Mal auf und Miro fängt den Vietnamesen auf Eis geschickt auf. „On je příšerně chladný, *Er ist schrecklich kalt*", klagt Miro. „Ja natürlich, das ist auch Sinn und Zweck der Übung", antwortet Norbert. „Übung?", fragt Miro mit starkem Akzent. „Ach, halt's Maul", ist Norbert genervt. Er hat jetzt weder Zeit noch Muße für Deutschunterricht. Er will die Leiche nur loswerden.

„Also Hubsi, was ist der Plan?", fragt Norbert.

„Mia müassn den Vietnames so herrichtn, dass a ausschaugt wia d' Anna."

55 Psychiatrie

„Bist du wahnsinnig?“, empört sich Norbert, „Das ist ein Ding der Unmöglichkeit. Außer der Größe haben die beiden nichts gemein.“ „Dann müass ma nachhelfn“, gibt Hubert keinen Deut nach. „OK. Ich hol Boa, die kennt sich mit solchen Dingen aus. Aber das kostet extra“, sagt Norbert und weg ist er.

Da Hubert nicht tatenlos dastehen mag und kann, packt er die blonde Perücke aus seiner Jackentasche und setzt sie dem Vietnamesen auf. „Etz schaugt a fast so aus wia du“, scherzt Hubert an Anna gewandt. Der Spruch war ja wohl voll daneben. Gut, dass just in diesem Moment Norbert und Boa kommen, sonst hätte es den ersten handfesten Streit zwischen Anna und Hubert gegeben.

Wie Frauen so sind, übernimmt Boa, die passend zu ihrer Stimmung in einem enganliegenden giftgrünen Kleid steckt, sofort das Kommando. Sie steht mitten im Geschehen und dirigiert den Trupp höchst theatralisch – mit viel Gestik, viel Mimik und vielen versauten Gedanken. „Anna, du besorgst es dir auf dem Stuhl mir gegenüber“, sagt sie an dieselbige gewandt. Es dauert ein paar Sekunden, bis Anna das Gesagte verstanden hat. Gerade, als sie protestieren möchte, flachst Boa: „Natürlich nicht, kleiner Scherz am Rande“, setzt zu einem gekünstelten Lachen an und fährt fort. „Nein, du setzt dich einfach auf den Stuhl mir gegenüber und trinkst einen Kaffee. Und du, Miro, du assistierst mir mit den Schminkutensilien. Hurtig, hurtig. Zbycek, du gehst zu Anastasia und sagst ihr, dass ich den neuen Rasierer, das rosarote Kleid und ein paar blickdichte Strumpfhosen brauche. Und du, Norbert, verziehst dich mit Hubert und Milan an die Bar und trinkst einen Hochprozentigen. Hier steht ihr mir nur im Weg herum.“

Dass Boa in jeder Hinsicht eine Professionelle ist, steht spätestens seit *der* Aktion außer Frage. In weniger als zwei Stunden hat sie den Vietnamesen in Anna verwandelt. „Unglaublich“, staunt Anna. Dergleichen hat sie bisher nur in Madam Tussauds Wachsfigurenkabinett gesehen. Sie macht mit Huberts Smartphone eine Serie Fotos. Ihr Tod muss schließlich sauber dokumentiert werden.

19. Kapitel

Wie beim letzten Abendmahl sitzt Walli von ihren acht Afrikanern umgeben im Esszimmer ihres kleinen Hauses und spricht das Tischgebet. Weil sie die Afrikaner, neben vielen anderen Hilfen, auch in der deutschen Sprache unterrichtet, achtet sie darauf, jede einzelne Silbe sauber auszusprechen. A-MEN.

Walli mag sie alle, „ihre" Kriegsflüchtlinge aus Afrika. Aber so richtig ans Herz gewachsen ist ihr nur einer, und zwar Taio (Geboren zum Glücklichsein). Der 19-Jährige aus Somalia ist nicht nur außergewöhnlich schön anzusehen, sondern auch außergewöhnlich begabt. Wäre er bei wohlhabenden, gebildeten Eltern in Nordamerika aufgewachsen, hätte er mit all seinen Talenten der zweite schwarze Präsident der Vereinigten Staaten werden können. Als Sohn von ermordeten somalischen Eltern hingegen war seine Zukunftsperspektive nicht ganz so rosig. Wie gut, dass es Walli gibt, die es sich zur Aufgabe gemacht hat, diese Ungerechtigkeit auszubügeln.

Walli wuchs mit fünf Geschwistern in einem weder besonders christlichen noch besonders unchristlichen Elternhaus in München auf. Der Vater war Lehrer, die Mutter Hausfrau. Auch wenn es an regelmäßigen materiellen Sperenzchen mangelte, so fehlte es nie an Fürsorge und Bildung. Ohnehin stand Bildung bei Wallis Mutter, die die Medizin dem mittellosen Hausfrauentum vorgezogen hätte, an erster Stelle. Entsprechend wichtig war es ihr, dass sich ihre vier Töchter im Erwachsenenalter selbst ernähren können. Tatsächlich gelang es der Mutter, drei ihrer Töchter so zu fördern, dass sie ein Studium aufnehmen konnten. Nur Walli tanzte aus der Reihe, indem sie mit 16 Jahren ins Kloster ging. Weder war ein besonderes Ereignis vorausgeeilt noch eine besondere Prägung durch das Umfeld erfolgt. Walli folgte einfach nur ihrem inneren Ruf.

An ihre Zeit im Kloster erinnert sich Walli grundsätzlich gerne. Wären da nicht die Intrigen seitens anderer Novizinnen gewesen. Sie war an einen Ort gegangen, um der Niedertracht aus dem Weg zu gehen. Und nun wähnte sie sich im Zentrum menschlicher Schwäche unter dem Deckmantel weißer Umhänge. Sie hoffte, mit der Zeit würde Ruhe ins Kloster einkehren. Doch sie irrte. Und so verließ sie den Ort, der drei Jahre lang ihr Zuhause war, von einem Tag auf den anderen.

Ihr Abitur hatte sie abgeschlossen, sodass sie sich zu Beginn des folgenden Semesters an der Ludwig-Maximilians-Universität in München für Lehramt (Deutsche und Englische Philologie, Didaktik des Deutschen als Zweitsprache) einschreiben konnte. Erst nachdem sie ihr Studium aufgenommen hatte, weihte sie ihre Eltern in ihre Entscheidung ein. Sie hatte mit einem großen Trara gerechnet. Das blieb jedoch aus. Vielmehr schienen ihre Eltern erleichtert.

Auf der Universität lernte sie vier Semester später ihren Mann kennen. Er, ein deutlich älterer Engländer, unterrichtete sie in Englischer Philologie. Er war ein verkauzter Intellektueller mit schlohweißen Haaren. Weder das Kauzige noch das Schlohweißhaarige störten Walli. Sie fühlte sich mit Edmund auf innigste Art und Weise verbunden. Und so verblüfft es nicht, dass sie ihm nach nur sechs Monaten platonischer Liebe das Ja-Wort gab. Mit dieser Entscheidung wiederum zeigten sich Wallis Eltern weniger einverstanden. Aber was hätten sie tun sollen? Und da sie genau wussten, dass man Walli von ihren getroffenen Entscheidungen nicht abbringen konnte, gaben sie ihr ihren Segen.

Bedauerlicherweise hielt der Segen nicht lange. Denn nach nur zweieinhalb gemeinsamen Jahren und kurz nachdem Walli ihre Arbeit als Lehrerin aufgenommen hatte, verstarb Wallis Mann an einer verschleppten Lungenentzündung. Walli befiel ein kaum auszuhaltender Schmerz. In Edmund hatte sie ihren Seelenverwandten gefunden. Und nun hatte ihn Gott zu sich geholt. Zum ersten Mal in ihrem Leben empfand Walli Groll. Sie war wütend auf Gott und die

Welt und sie fühlte sich nicht mehr imstande, ihre Schüler zu unterrichten. Sie brauchte eine Auszeit und zog sich zurück ins irgendwo im bayerischen Nirgendwo.

Nach einem Trauerjahr spürte sie, dass es wieder Zeit war, ins Leben zurückzukehren. Sie nahm ihre Tätigkeit als Lehrerin in einer Schule drei Dörfer weiter wieder auf und entwickelte sich langsam, aber sicher zur guten Seele des Dorfes. Und nun sind es die acht Afrikaner, die sie unterstützt, wo es nur geht.

Beim sonntäglichen Mittagessen, das inzwischen zu einer festen Einrichtung geworden ist, gehen Walli und ihre Schützlinge für gewöhnlich die bevorstehende Woche durch. Sechs „ihrer" Männer arbeiten, zwar zu einem Hungerlohn, aber sie arbeiten. Zwei von ihnen sind daheim und wollen beschäftigt werden. „Wir könnten doch die Zimmer in eurer Unterkunft streichen", schlägt Walli vor und fährt mit einem imaginären Farbroller von oben nach unten. Taio versteht sofort und übersetzt Wallis Idee ins Somalische. Die zwei Männer nehmen Wallis Vorschlag freudestrahlend und mit Facebook-Daumen nach oben an. „Aber zuvor bringen wir eure Bude auf Hochglanz. Erst kommt der Dreck weg, dann kommt die Farbe", erklärt Walli resolut.

Mithilfe von Taio macht sie mit Abdi und Rani aus, wann sie zum Baumarkt fahren und Wandfarbe, Farbroller, Pinsel, Abdeckfolien und Kreppband kaufen. Danach würden sie loslegen und die Bruchbude vom Gebhard Fränk auf Vordermann bringen.

20. Kapitel

Als Elies mit anhaltend guter Laune und neuem, schneidigem, pechschwarzem Leichenwagenflitzer zur nächsten Ortschaft fährt, um dort eine Leiche abzuholen, hält sie kurz an einem Milchautomaten irgendwo im bayerischen Nirgendwo. Sie hat beschlossen, von Wein auf Milch umzusatteln. Und weil sie auch noch ein paar Pfunde loswerden will, gibt es ab sofort anstelle des abendlichen Leberkäsbrots Obst und Gemüse. Nun, da sie ein Ziel vor Augen hat, ist sie nicht mehr zu stoppen.

Sie kramt in ihrer Hosentasche und sucht nach einem Euro. „Des is echt typisch", ärgert sie sich. Normalerweise hat sie immer Kleingeld in der Hosentasche. Doch ausgerechnet heute, wo sie ihr neues Leben beginnen will, ist der seidene Hosensack leer.

Missmutig dackelt sie zu ihrem neuen, schneidigen, pechschwarzen Leichenwagenflitzer zurück und will gerade einsteigen, als der Bürgermeister in seinem neuen, roten Flitzer ohne Dach um die Kurve pfeffert[56]. Lust zum Anhalten hat er keine, er heckt nämlich gerade einen So-lege-ich-die-Susi-flach-Plan aus. Doch weil in einem Jahr Bürgermeisterwahlen anstehen und er einen Gegenkandidaten beziehungsweise eine Gegenkandidatin, a zuogroaste Supaschlaue[57] hat, muss er sein Image pflegen. Dumm nur, dass manchen Bewohnern irgendwo im bayerischen Nirgendwo gar nicht bewusst ist, dass er ein Image hat. Dafür hat er ein Image in Rengschburg. Stichwort Nuttenmane. Aber das ist eine andere Geschichte.

Wie bereits erwähnt, hat die Imagepflege ein Jahr vor den Kommunalwahlen Prämisse. Und so fährt der Bürgermeister seinen neu-

---

56 rast

57 eine Akademikerin, deren Wahlheimat das irgendwo im bayerischen Nirgendwo ist

en, roten Flitzer ohne Dach auf den kleinen Parkplatz vor dem Milchautomaten und kommt mit quietschenden Reifen und lässigem Blick vor der Elies zum Stehen. „Griaß di Elies", grüßt er bürgermeisterlich. „Griaß di Manfred", antwortet Elies unerwartet keck. „Kann i da helfa?", fragt Manfred mit Blick auf die Wahlen übertrieben freundlich.

„In der Tat kannst ma helfa."

„Wennst ma sagst, wos d' brauchst, helf i da."

„Also braucha dad i ganz sche vül", kokettiert Elies.

„Dann sag holt, wos d' brauchst."

„Des is oba ned so einfach", sagt sie, legt gekonnt eine Sprechpause ein und lüftet ihr Geheimnis: „Ok, ich holt mi kurz: I brauch an Euro und i brauch di!"

Der Bürgermeister hat mit einigem gerechnet. Nicht jedoch mit einer Anmache. Er ist verblüfft und geschmeichelt zugleich. „Also, Elies, mit 'm Euro kann i da helfa. Oba warum brauchst mi?", fischt er nach Komplimenten. „I find, dass d' narrisch guat[58] ausschaugst und dass d' a richtiga Mo bist", schmeichelt ihm Elies. Das geht natürlich runter wie Öl.

„Dank da sche, Elies, des host oba nett aufn Punkt bracht!"

„Ja, ja, d' Wahrheit derf ma sagn."

„Oba mit da Wahrheit kimmt ma ned weit, des woaßt ja Elies."

War das jetzt ein Korb seitens des Bürgermeisters? Elies ist sich nicht sicher. Um die unangenehme Situation zu überbrücken, nimmt sie den Euro, den der Bürgermeister ihr großzügig hinhält, wirft ihn in den Automaten, lässt sich einen Liter fettarme Milch raus, öffnet die Flasche und trinkt einen großen Schluck. „Ah, duad des guad", frohlockt Elies und leckt sich ein paar Milchtropfen genüsslich von den Lippen. Auch wenn die letzte Geste unbeabsichtigt war, so zeigt sie Wirkung.

---

58 wahnsinnig gut

„Woaßt Elies, du host ma schon imma guad gfalln“, sagt der Bürgermeister spontan. Den Susiflachlegeplan hat er fürs Erste ausgeblendet. Er wäre ja schön blöd, wenn er auf die Offerte von Elies nicht eingehen würde. Ein kostenloses Abenteuer, was will man mehr!? Er verstärkt seine Avancen, indem er ihr die Flasche aus der Hand nimmt, seinerseits einen großen Schluck nimmt und ihr dabei konspirativ in die Augen schaut. „Milch macht müde Manna munta“, raunt Elies lasziv, macht einen Schritt auf den Bürgermeister zu und fasst ihm in den Schritt und flüstert: „Dei Zipfl is etz ned groß.“ – „Oba des kon ja no wern“, schickt sie augenzwinkernd hinterher.

Wie auf Kommando baut sich die Männlichkeit des Bürgermeisters dank Elies aufrichtendes Zutun zur vollen Größe auf und Elies ihrerseits wird untenrum ganz feucht.

Am liebsten würde der Bürgermeister es der Elies an Ort und Stelle besorgen. Aber das geht natürlich nicht. Stattdessen wirft er die Milchflasche ins Gras, packt die Elies, dreht sie unsanft um und drückt sie gegen den Milchautomaten. Mit dem rechten Bein spreizt er ihr die Beine und raunt ihr ins Ohr: „Etz kerst ma!“ Dann zieht er ihr barsch die Unterhose runter und fasst ihr in den Schritt. „Di muass i mal so richtig hernema, du feichte Schlampn.“

Elies wird ganz schummrig im Kopf. Sie kann nicht glauben, dass ihr tristes Sexleben, das sie noch vor wenigen Stunden beklagt hat, von jetzt auf gleich geil ist. Der Geilheit nicht genug raunt ihr der Bürgermeister noch lustvoll sabbernd ins Ohr: „Heit Amd kimm i zu dir, und wej i kimma werd.“ Dann lässt er von Elies ab. Schließlich stehen sie ein Jahr vor der Wahl mitten auf einem frei einsehbaren Parkplatz irgendwo im bayerischen Nirgendwo.

21. Kapitel

Hubert und Anna sitzen im McCafé an der Autobahn, trinken Kaffee und schlemmen Softeis mit Karamellsoße. Anna trägt ihre Haare unter einem Baseball Cap versteckt und eine rautenförmige Sonnenbrille. Für einen kurzen Moment haben die beiden ihre bevorstehende Mission vergessen und albern herum wie zwei frischverliebte Teenager. Ständig küssen sie sich, ständig suchen sie die Berührung des anderen. „I bin so glücklich mit dir", sagt Anna geradewegs heraus. „I a mit dir", antwortet Hubsi und gibt Anna einen innigen Kuss.

Tatsächlich haben sich die beiden gesucht und gefunden. Aber um das Leben zu leben, das sie leben wollen, gilt es noch ein paar Hürden zu nehmen. Die nächste ist die vermaledeite Leichenverbrennungsaktion bei Elies.

„Moanst wirklich, dass d' Elies einfach so mitspült?", fragt Hubert. „De werd mitspüln, wals dann freie Bahn mitm Mane hod. Des hob i da doch scho gsagt", antwortet Anna bestimmt.

„Na wennst da so sicha bist."

„I bin ma sicha."

„Na dann fahr ma."

„Des mach ma."

Hubsi genießt die Fahrt in der schwarzen, vollautomatischen Limousine mit verdunkelten Scheiben. Er erlebt einen Perspektivenwechsel par excellence. „So also fühlt si 's Gangstalebn o", sagt er und drückt gehörig aufs Gas. Sollte er geblitzt werden, würde die Rechnung auf Norbert gehen. „Der hod jo gnua Blütn", ergänzt er lapidar. Allerdings hätte Hubert ein Problem, wenn er aufgehalten werden würde. Nicht nur, dass er zu schnell unterwegs ist. Viel schlimmer ist die getunte Leiche im Kofferraum. Das wäre das Aus seiner Karriere als Kriminaler. Als ihm das klar wird, geht er runter vom Gas und spielt stattdessen mit den x Knöpfen, die das Auto zu bieten hat.

Als sie in ihr Dorf irgendwo im bayerischen Nirgendwo hineinfahren, setzt sich Hubsi trotz verdunkelter Scheiben eine Sonnenbrille auf. „Doppelt halt bessa", ist er schwer überzeugt.

Elies Bestattungsinstitut, inklusive Krematorium, ist von einer hochgewachsenen Thujenhecke umgeben, was sich einmal mehr als Glücksfall erweist. Sie bietet optimalen Schutz vor den neugierigen Augen des Dorfes. Dummerweise ist die Toreinfahrt versperrt, sodass Anna aussteigen und klingeln muss.

Elies ist erst vor wenigen Minuten heimgekommen und noch ganz aufgewühlt aufgrund der sexy Begegnung mit dem Bürgermeister. Um sich ungestört sammeln zu können, die Feuchte zwischen ihren Beinen wegzuwischen und einfach nur ihren Gedanken nachzuhängen, hat sie die Toreinfahrt geschlossen. Unliebsame Kunden kann sie gerade wirklich nicht gebrauchen. Just in dem Moment läutet es penetrant an der Haustür.

Elies bellt in die Gegensprechanlage ein grantiges „Wer do?", während im Hintergrund ihre bettlägerige, demente Mutter lautstark vor sich hin jodelt. „Hier spricht eine potente Kundin mit eiligem Spezialauftrag", antwortet Anna in gestochenem Hochdeutsch mit verstellter Stimme. „A potente Kundin mit eiligm Spezialaftrag?", wiederholt Elies. „Ja, so ist es", antwortet Anna kurz angebunden. „Und der ko ned wartn?", mault Elies. „Nein, sonst wäre er ja nicht eilig, oder?", antwortet Anna genervt. „Also guad, kummans eine", gibt sich Elies geschlagen und öffnet von innen die Toreinfahrt, damit die potente Kundin in ihrer schwarzen Gangsterlimousine vorfahren kann.

Als das Tor wieder zu ist, steigt Anna aus, gefolgt von ihrem Hubert. Elies beäugt die beiden argwöhnisch. „Eps stimmt da ned", denkt sie. Zuerst das gestochene Hochdeutsch, das nicht ins irgendwo im bayerischen Nirgendwo passt, dann die schwarze Limousine wie aus einem Gangsterfilm und nun der ortseigene PHK mit einer Unbekannten, die ausschaut wie die verschwundene Anna.

„Griaß di Hubsi“, begrüßt Elies den Kriminaler. „Wen hastn mitbracht?“, fragt sie mit Blick auf Anna. Anna zieht sich ihr Baseball Cap vom Kopf und nimmt ihre Sonnenbrille ab. „Oba des bist ja du, Anna!“, entfährt es der Elies. „Und im Dorf verzählns, dass d' nimma kummst.“ „Und verzählns a den Grund?“, fragt Anna nach.

„Mei, de oana sagn, dass d' abghaut bist. Die andern sagn, dass d' daschlagn worn bist. Und d' Meierin, de Ratschn[59], had gsagt, dass d' in da Depperlanstalt[60] bist. Und so weida und so weida“, erzählt Elies offenherzig. „Woaßt Elies, i kumm a nimma wieda“, antwortet Anna kurz und bündig.

„Und was is mitm Mane?“, fragt Elies gekünstelt besorgt.

„Den kannst hom. Gschenkt. Mir helfma da sogar dabei, dass aus eich wos wird. Oba nur unta da Bedingung, dass des Mal holtst.“

„Und wenn's mitm Mane nix wird?“

„Dann haltst trotzdem 's Mal, weil da Hubsi woaß, dass dei Bruda so einiges aufm Kerbholz hod. Wenn da Hubsi wolln dad, dann kannt an eisperrn – und des Bestattungsinstitut glei mit dazua. Und des wüllst sicha ned, oda?“

„Erpresst du mi etzad?“, fragt Elies ungläubig. „I erpress di ned, i biet da nur an Deal o“, antwortet Anna geschäftsmäßig.

„An Deal? Des nennst du an Deal?“

„Schaut so as“, antwortet Anna, ohne mit der Wimper zu zucken. Die Duckmäuschenzeit ist ein für allemal vorbei.

Es dauert ein paar Sekunden, bis Elies die Nachrichten sortiert hat. Dann fragt sie zielgerichtet: „Also, wos hobts für an Spezialaftrog?“ „Des besprech ma drinnad“, gibt Hubsi die Marschroute vor.

Elies bittet die beiden in ihr Büro. Es ist dezent und stilvoll eingerichtet. Und penibel sauber. „Sche host das“, sagt Anna spontan. „I bin den ganzen Dog da, da wüll is sche hom“, antwortet Elies. „Des

59 Person, die gerne über abwesende Personen spricht

60 Psychiatrie

kon i versteh“, pflichtet ihr Anna bei und denkt sich, dass sich Elies wunderbar um ihr Haus und ihren Garten kümmern würde. Und der Manfred wäre auch versorgt und würde nicht nach ihr suchen. Perfekter geht's wirklich nicht.

„Oba etz wüll i wissn, wos des für a Aftrag is“, fordert Elies mit Blick auf die Uhr. Am Abend kommt doch der Bürgermeister und für ihr erstes Date möchte sie sich verständlicherweise herausputzen. Deshalb kann sie keine Zeit verschwenden.

„Also pass af, Elies. De Sach is de: I kumm nimma hoam und an Mane konnst hom. Und a 's Haus und 'n Gortn. An Luk kriagst natürlich ned, den hol i zu mir. I woaß bloß no ned wia. Oba des wird si scho finna“, erklärt Anna und fährt dann fort, den Spezialauftrag zu schildern: „Im Auto liegt a Leichn, de schaut as wia i. Also i moan, de homs so zrecht gmocht, dass ausschaut wia i. De Leichn verbrenn ma etz und du bestätigst da Polizei, dass i des wor. Für den Fall, dass 's Probleme gibt.“

Elies versteht nur Bahnhof. „Des moanst oba etz ned ernst, oda?“, fragt sie irritiert. „Des is mei volla Ernst“, antwortet Anna mit fester Stimme. Elies blickt zu Hubert in der Hoffnung eines Zeichens, dass mit der Anna etwas nicht stimmt. Aber Hubert bestätigt mit todernster Miene das von Anna Gesagte. Vielleicht ist ja sie es, die nicht mehr ganz koscher ist?

Ortswechsel: Die drei verlassen das Büro und gehen zum Krematorium. Ohne weitere Widerworte, dafür mit umso mehr Skepsis heizt Elies den Ofen an. „Du woaßt scho Hubsi, dass des, wos wir da machn, ned legal is“, gibt Elies zu bedenken. „I woaß, Elies. Oba uns bleibt koa andre Möglichkeit“, antwortet Hubert. „Oba du woaßt, dass a Amtsorzt oda a Rechtsmedizina d' Identität des Doadn bestätign muass.“ „Des woaß i, Elies. Und des is a koa Problem. I bestätige quasi als Erster den Doad von da Anna und a Freind von mir, a Rechtsmedizina aus Rengschburg, dokumentiert dann als Zwoata den Doad von da Anna. Du muasst da also koane Sorgn machn und nur unter Tränen bestätign, dass d' Anna verbrennt host“, beschwichtigt der PHK. „Apropos verbrenna: I dad de Leichn etzad in Ofn schiam“, schlägt Hubert mich Nachdruck vor. Er möchte die Sache endlich hinter sich bringen.

Eine Einäscherung dauert circa 45 Minuten. Während dieser Zeit erledigt Elies für gewöhnlich Papierkram. Das würde sie auch an diesem äußerst seltsamen Nachmittag gerne tun. Aber ein zweites unerwartetes Läuten hält sie von ihrem Vorhaben ab. „I schau amol, wer do is“, sagt Elies und lässt Anna und Hubert im Krematorium zurück.

Der Bürgermeister kann es nicht sein, denn der hat sich ja erst für den Abend angekündigt. Elies geht sichtlich genervt zur Sprechanlage und bellt zum zweiten Mal an diesem Tag: „Wer do?“ Und zum zweiten Mal an diesem Tag wird sie überrascht. Unglaublich, aber wahr: Es ist Manfred, der offensichtlich Zeitlang nach ihr hat. Das ist jetzt echt blöd.

Doch Elies wäre nicht Elies, wenn sie die Situation nicht meistern würde. Sie öffnet das Einfahrtstor und der Bürgermeister fährt ein mit seinem schicken, roten Flitzer ohne Dach. Elies braucht nur das Auto zu sehen, und schon wird sie untenrum wieder ganz feucht. Sie begrüßt Manfred, indem sie ihm tief in die Augen schaut und in den Schritt fasst *(Anmerkung von Franzi Wolf: Augenschauen und Schrittfassen wird zu ihrem Ritual)*; dann bittet sie ihn in die Küche ihres Wohnhauses.

Fürsorglich lässt sie ihrem Geliebten einen Cappuccino runter und stellt ihm ein paar abgelaufene Amarettini hin. „Elies, i wui koa Amarettini, i wui di“, raunt er ihr ins Ohr. „I wüll di doch a“, antwortet Elies. „Oba i muass no schnell a Leichn verbrenna.“,

„Wer isn gstorbn?“

„Kenn i ned.“

„Eppa oana aus da Gangstaszen?“

„Wia kummstn da draf?“

„Ja wal draußn so a Gangstaschlittn steht.“

„Du hast recht, Mane. Des san voll de Gangsta und de solt i ned wartn lassn.“

„Dann schleich di Elies und kumm glei wieda. I wart daweil im Schlafzimma, wennst ma sagst, wo 's is."

„Afe und rechts."

Als Elies inzwischen ziemlich gestresst in das Krematorium zurückkommt, ist der Brennvorgang bereits in vollem Gange. Schließlich ist Hubert nicht zum ersten Mal bei einer Leichenverbrennung dabei. „Ah, i sigh, dass ois so brennt, wejs brenna sollt. Dann kann i ja kurz geh und mi um mei Muada kümmarn", schwindelt Elies. „Fralle, geh du zu deiner Muada, mir machn hier fertig", ermuntert sie Hubert. Natürlich weiß er, wissen sie, dass Elies sich jetzt nicht um die Mutter kümmern wird, sondern um den Bürgermeister. Für was gibt es Fenster?

Der Tag endet damit, dass Hubert und Anna die Leichenverbrennung tutto kompletto selbst zu Ende bringen, inklusive Papierkram, die Mutter von Elies ohne Abendessen, frischen Windeln und ein liebes Wort einschläft, der Bürgermeister sich ordentlich in der Elies ergießt und die Elies auf Wolke sieben schwebt, weil sie endlich einen Mann hat.

22. Kapitel

Der Pfarrer sitzt nachdenklich am Ufer des Regens. Ursprünglich wollte er zu der Stelle fahren, an der er seine Gummisusi dem Regen übergeben hat. Aber soweit ist er doch noch nicht, zu frisch sind die Erinnerungen an diesen furchtbaren Tag. Deshalb entscheidet er sich für einen kleinen Badeplatz circa fünf Kilometer flussabwärts.

Vormittags ist der Platz für gewöhnlich verwaist – was auch an diesem Tag der Fall ist. Dem Pfarrer ist das nur recht. Er sehnt sich nach Stille und Kontemplation. Seit der Geschichte mit seiner Gummisusi ist er nicht mehr zur Ruhe gekommen. Zuerst musste er sich vor Trudi erklären – was Gott sei Dank gut ausgegangen ist. Dann die Erpressung durch Susi – womit er im Leben nicht gerechnet hätte. Und schließlich nun auch noch Beate – sein persönlicher Alptraum.

Er greift nach einem flachen Stein und lässt ihn über die Wasseroberfläche plattln[61]. Eins, zwei, drei, vier, fünf, sechs, sieben. „Holla die Waldfee", denkt der Pfarrer, das habe ich selbst zu meinen besten Plattlzeiten[62] nicht geschafft. Für einen kurzen Moment hat er den ungünstigen Lauf, den sein Leben genommen hat, vergessen. Er nimmt einen zweiten flachen Stein und lässt auch diesen über die Wasseroberfläche plattln. Eins, zwei, drei, vier, fünf, sechs, sieben. „Was, schon wieder sieben Mal! So ein Zufall aber auch", murmelt der Pfarrer. Kurz kommt ihm der Gedanke, dass es sich vielleicht doch nicht um einen Zufall handeln könnte. Nur was sollte die Zahl sieben schon bedeuten?! Und dann fällt ihm die Antwort wie Schuppen von den Augen. Die sieben Todsünden! Er ruft sich die sieben Todsünden bewusst ins Gedächtnis: Hochmut, Geiz, Wollust, Zorn, Völlerei, Neid, Faulheit.

61 flippen

62 Flipperzeiten

Blind greift der Pfarrer in den Sand, nimmt den erstbesten Stein, diesmal einen Runden, der sich so gar nicht zum Plattln[63] eignet, und lässt ihn auf der Wasseroberfläche springen. Er ist sich sicher, dass der Stein aufgrund seiner Form spätestens nach dem dritten Mal untergehen wird und dass es sich nicht um ein Zeichen von oben handelt. Aber nein, er irrt. Eins, zwei, drei, vier, fünf, sechs, sieben. Sieben Mal plattlt der runde Stein über die Oberfläche des Regens. Jetzt lässt es sich nicht mehr von der Hand weisen, dass Gott mit ihm im Zwiegespräch ist. Als dann auch noch drei Fische gleichzeitig aus dem Wasser springen, ist ihm klar, worauf Gott hinauswill: Auf seine Wollust – die dritte der sieben Todsünden!

„Herr im Himmel, ich weiß, ich habe Unrecht getan. Aber ich wollte damit aufhören und Buße tun. Nun ist es so, dass die Susi, die brave Bäckersusi mich erpresst. Weißt du Gott, ich weiß, dass ich keusch leben sollte und ich will das mit Susi auch gar nicht. Andererseits finde ich es schön, bei Susi zu sein. Die Susi ist so weich, süß und feucht wie eine Pflaume. Eine richtige Femme fatale. Weißt du, was eine Femme fatale ist? Dacht ich's mir! Eine Femme fatale, also eine ‚verhängnisvolle Frau', ist eine besonders attraktive und verführerische Frau, die Männer erotisch an sich bindet, sie gleichzeitig manipuliert, ihre Moral untergräbt und meist auf ‚fatale' Weise ins Unglück stürzt. Das ist dann der Preis für ein Höchstmaß an Liebeserfüllung." So die Erklärung des Pfarrers gegenüber seinem Chef.

Wie auf Knopfdruck beginnt es, laut und wütend zu grollen, und der Pfarrer zuckt zusammen. „Ich weiß Gott, dass das keine Ausrede sein darf. Aber die Susi hat mich im Griff, sie erpresst mich. Und es kommt noch schlimmer: Die Beate auch!", fährt der Pfarrer verzweifelt fort. Wieder ist ein lautes und wütendes Grollen zu hören. Der Pfarrer legt seinen Kopf in die Hände und beginnt zu schluchzen. Was hatte er nur angerichtet. Aus einem einst frommen Pfarrer voller

63 zum Flippen

Ideale war ein wollüstiger Geistlicher geworden. Scheinheilig statt Heiligenschein.

Nach ein paar Minuten beruhigt sich der Pfarrer wieder und lässt seinen Blick übers Wasser schweifen. Er muss tun, was ein Pfarrer tun muss. Er beschließt heimzugehen und der Trudi alles zu beichten. Gemeinsam würden sie dann die nächsten Schritte überlegen.

Doch soweit kommt es nicht. Denn plötzlich entdeckt der Pfarrer blondes Haar im Wasser und sein Plan nimmt einen anderen Lauf. „Um Gottes Willen", ruft der Pfarrer, „da treibt eine Frau im Wasser." Da sonst kein anderer da ist, der die Frau retten könnte, springt er, ohne sich vorher auszuziehen, mutig in den Regen und krault der Frau entgegen. „Vielleicht ist es ja Anna", kommt ihm der hoffnungsvolle Gedanke. Seit Tagen wird im Dorf über nichts anderes als den Verbleib der Bürgermeistergattin spekuliert. Es wäre sicher nicht schlecht, wenn er die Anna retten würde. Dann hätte er bei den Dorfbewohnern einen Stein im Brett und sie würden ihm seine Wollust – wenn sie eines Tages ans Licht käme – nicht so übelnehmen.

Nur noch drei, vier Züge, dann ist der Pfarrer bei der Frau. „Durchhalten", ruft er ihr zu. Keine Reaktion! Dem Pfarrer wird mulmig zumute: „Was, wenn die Frau tot ist?!" Er greift nach ihr, um sie über Wasser zu halten. Sie fühlt sich komisch an, so gar nicht lebendig. Aber da muss er jetzt durch. Als Geistlicher muss man manchmal Dinge tun, die Normalsterbliche nicht tun. Und dazu gehört auch, Seelen in Not zu retten.

Der Pfarrer wird durch sein Gewand am Schwimmen behindert. Trotzdem gelingt es ihm, die Frau zu sich zu drehen. Als er ihre Fratze sieht, erschrickt er bis aufs Mark. Fische haben Löcher in ihr Gesicht gefressen. Besser gesagt in ihr Gummigesicht.

Zum zweiten Mal an diesem Tag schluchzt der Pfarrer. Diesmal aus Trauer um Susi, die er heimtückisch „ermordet" und nicht einmal ordentlich bestattet hat, sodass Fische ihr Gesicht zerfressen konnten. „Susi, ich schwöre dir, wir holen eine dir angemessene Beerdigung nach", verspricht der Geistliche unter Tränen.

Es kostet dem Pfarrer größte Mühe, die Susi aus dem Wasser zu ziehen. Wie sie nun so daliegt, luftleer und angefressen, kommt ihm eine brillante Idee: „Susi, ich verbrenne dich jetzt unter freiem Himmel, dann gehen wir zur Elies, suchen eine passende Urne für dich aus und schließlich einen Platz, an dem ich dich begraben und jederzeit besuchen kommen kann. Was hältst du davon?" Da Stimmenthaltung bekanntlich einem Ja gleichkommt, entzündet der Pfarrer, der tropfnasse alte Pfadfinder, ein Feuer – zum Glück hat er in seiner Fahrradtasche immer Streichhölzer mit dabei, nimmt ein letztes Mal Abschied von Susi, übergibt sie dem Feuer und summt dabei „Candle in the wind" von Elton John.

Als die Susi bis auf einen giftig stinkenden Klumpen zusammengeschrumpft ist, nimmt der Pfarrer ihn mit zwei Stockenden und hält ihn ins Wasser. Zschschschschschsch. Wie das zischt!

Nachdem die Gefahr einer Verbrennung gebannt ist, packt der Pfarrer den Susiklumpen in seinen Rucksack. Zuvor holt er noch das Lunchpaket, das Trudi ihm gepackt hatte, raus und verzehrt es. „Das ist der Leichenschmaus", sagt der Pfarrer an den Susiklumpen in seinem Rucksack gewandt. Und dann zu sich: „Die Trudi ist die Allerallerbeste!" Noch besser als Trudi ist das Sandwich mit kaltem Braten und Meerrettich, das sie ihm zusammen mit zwei 0,2-Liter-Tetrapacks Orangensaft eingepackt hat. Auf die Trudi ist einfach Verlass!

23. Kapitel

Pünktlich um 7.15 Uhr stehen Abdi und Rani vor Wallis' floral verzierter Haustür. Ein prächtiger Garten umgibt das kleine Hexenhäuschen, das sie vom Erbe ihres verstorbenen, verkauzten Mannes gekauft hat. Walli nennt ihren Garten liebevoll „Garten Eden". Tatsächlich ist ihr Garten eine grüne Oase, in der in Harmonie Alpenveilchen, Petunien, Fächerblumen, Chrysanthemen, Forsythien, Rosen, Magnolien, Hyazinthen und diverse Ziergräser wie Bärenfell- und Lampenputzergras wachsen und blühen. Daneben Gemüse und zahlreiche Obstbäume. Besonders stolz ist sie auf die Apfelbäume, die sie eigenhändig gepflanzt hat und die inzwischen zu beachtlicher Größe herangewachsen sind. Sechs Bäume, sechs Sorten. Walli freut sich schon auf die Ernte. Dann wird sie leckeren Apfelkuchen backen und für den Winter Apfelmus einkochen. Sollten die Afrikaner bis zur Ernte noch im Dorf sein, würde sie ihnen zeigen, wie man Äpfel verarbeitet.

Apropos Afrikaner. Sie stehen vor der Haustür und warten auf Walli. „Ich komme", ruft die verwitwete Ex-Nonne durchs geöffnete Küchenfenster. Sie wirft einen Blick in den Spiegel, richtet sich ihre Kurzhaarfrisur, greift nach Handtasche und Autoschlüssel und tritt vor das Haus. „Du gut aussehen", macht ihr Rani ein Kompliment. „Danke", freut sich Walli und errötet ein wenig.

Rani, dem jüngsten der afrikanischen Flüchtlinge, bekommt die Fürsorge durch Walli besonders gut. In den ersten Wochen nach seiner Ankunft setzte er keinen Fuß vor die Haustür und verbarrikadierte sich in seinem Zimmer in der schäbigen Flüchtlingsunterkunft. Immer wieder holten ihn schreckliche Erlebnisse aus seiner kriegsgebeutelten Heimat ein. Nur in kleinen Schritten gelang es den anderen Männern und Walli, ihn aus seiner Isolation zu holen.

Inzwischen hatte Rani so große Fortschritte gemacht, dass er die 700 Meter von der Flüchtlingsunterkunft zum Haus von Walli allein gehen konnte. Das machte er inzwischen täglich, um Walli bei der Gartenpflege zu helfen. Der Garten von Walli war zu seinem Zufluchtsort geworden. Und Walli ließ ihn gewähren und freute sich über seine Unterstützung.

„Auf geht's", bläst Walli zum Aufbruch, nachdem sie die beiden Afrikaner herzlich begrüßt hat. Sie steigen in Wallis alten VW und fahren zum Baumarkt zwei Dörfer weiter.

Wie so häufig, wenn sie mit ihren schwarzen Schützlingen unterwegs ist, wird Walli argwöhnisch beäugt. Nur wenige können nachvollziehen, warum sie sich den Afrikanern mit solcher Inbrunst widmet. Walli hingegen interessieren die misstrauischen Blicke keinen Pfifferling, zumal sie zum ersten Mal seit dem Tod ihres Mannes wieder richtig glücklich ist.

Der Baumarktbesuch dauert länger als gedacht. Rani und Abdi stehen vor dem Regal mit den verschiedenen Wandfarben und können sich nicht entscheiden. Rot, Blau, Grün, Gelb? Rani und Abdi kommen aus einer Gegend, die sich allenfalls mit ihrer breiten Palette an Grautönen hervortun kann. Deshalb fackelt Walli nicht lange und greift nach sechs Eimern weißer Wandfarbe á 25 Liter und acht verschiedenen Farben zum Untermischen. Dann sucht sie noch Farbroller, Flachpinsel, Rührstäbe, Abstreifgitter, Teleskopstangen, Abdeckfolien, Kreppbänder und Leitern und steuert zielstrebig zur Kasse. Walli hat an alles gedacht, nur nicht daran, dass ihr Auto klein ist. Zu klein für den großen Einkauf. „Ich da bleib", bietet Rani an, als Walli verzweifelt versucht, die Leitern ins Auto zu packen. „Du bleibst auf keinen Fall da", murmelt Walli mit zusammengebissenen Zähnen, „mir fällt schon noch eine Lösung ein." Und tatsächlich kommt Walli wenige Sekunden später ein Geistesblitz. Mit Kreppband klebt sie die beiden Leitern zusammen und fixiert sie dann über die geöffneten vorderen Seitenscheiben auf dem Dach ihres Autos. Höchst unkonventionell und höchst gefährlich. Aber Rani ist begeistert: „Du schlaue Frau!" Zum zweiten Mal an diesem Tag errötet Walli. Sie ist es nicht gewöhnt, Komplimente zu bekommen.

Im Auto überlegt das Trio, wie sie die einzelnen Zimmer in der bruchfälligen Bude vom Gebhard Fränk streichen wollen. „Die Küche?", fragt Walli. „Grün!", antwortet Rani. „Nein, nicht Grün! Rot!", kontert Abdi. „Nein, Rot ist keine Küche. Wir machen Grün", insistiert Rani. „Nein, auf keinen Fall Grün. Dann Blau", will sich Abdi nicht geschlagen geben. Sie haben auf jeden Fall viel zu diskutieren auf ihrer Fahrt ins Dorf irgendwo im bayerischen Nirgendwo. Denn im Haus gibt es sechs Zimmer plus Küche und Bad.

Als das Trio vor der Flüchtlingsunterkunft ankommt, steht ein silberfarbener Mercedes vor der Haustür, vor dem ein breitbeiniger und finster dreinblickender Mann steht. Es ist Gebhard Fränk. An seinem fetten Körper trägt er Schlangenlederstiefel, übrigens die gleichen, die der Bürgermeister hat, Jeans und ein bis zum Bauchnabel geöffnetes Hemd, das den Blick auf seine protzige Goldkette frei gibt. Zwischen dem Zeige- und Mittelfinger seiner rechten Hand steckt eine Zigarre, deren Rauch Gebhard Fränk regelrecht inhaliert. Seitdem er mit dem Kettenrauchen aufgehört hat, gönnt er sich täglich zwei Zigarreninhalationen. Derzeit zieht er sich ein ecuadorianisches Sortiment rein.

„Griaß eich", sagt Gebhard Fränk mit selbstgefälligem Unterton. „Servus", antworten die Afrikaner sprachlich bestens akklimatisiert, während Walli ein unterkühltes „Grüß dich" wählt. „Hobz eppa eikaft?", fragt Fränk. „Schaut so aus", gibt ihm Walli unhöflich zur Antwort. „Wos hobzn vor?", fragt Fränk weiter. „Was werden wir wohl vorhaben?! Schau dich um, dann weißt du, was wir vorhaben", antwortet Walli wütend. Fränk schaut sich um, allerdings ohne Erleuchtung. Als Walli merkt, dass er wirklich keinen blassen Schimmer hat, lässt sie ordentlich Dampf ab: „Dann schau dir doch den Saustall an, in dem die Afrikaner leben müssen. Du kassierst eine Menge Geld für eine Unterkunft, in der du nicht einmal Schweine hausen lassen würdest, sofern du welche hättest!"

Im ersten Moment ist Gebhard Fränk irritiert. Er ist Widerworte nicht gewohnt. Erst recht nicht von einer Frau. Und nun hat ihn Walli auch noch vor den Augen der Afrikaner angeblafft! Das geht ihm definitiv zu weit. „Holts Mal, Walli, sonst fongst a bor", droht er mit hochrotem Kopf. „Das schaut dir ähnlich Fränk. Sobald du kein Land mehr siehst, wirst du handgreiflich. Glaubst du, ich sehe nicht, wie du deine Frau behandelst!? Ich bin doch nicht blöd! Mimst im Dorf den wohltätigen Macker[64], derweil bist du ein so erbärmliches Würstchen", kontert Walli. Die letzten zwei Wörter hätte sie sich besser verkniffen.

Wie ein Bulle, der rot sieht, attackiert Fränk die Walli. Er schlägt ihr so stark ins Gesicht, dass sie rücklings zu Boden fällt. Unnötig zu sagen, dass die Afrikaner nun ihrerseits rotsehen und Walli zur Hilfe eilen. Während sich Rani um Walli kümmert, verpasst Abdi Fränk eine gehörige Tracht Prügel. Zuerst ein Faustschlag ins Gesicht, dann ein Fußtritt in den Hintern, gefolgt von einem Satz heißer Ohren. Und der ungelenke Fränk hat nicht die geringste Chance, sich zu wehren. Das kratzt natürlich gehörig an seinem Ego. Um diese Blamage auszugleichen, müsste er sich eine Boing 747 mit der Aufschrift F-R-Ä-N-K 68 bauen lassen.

„Es sads a so a Misthafa[65]", flucht Fränk, als der Afrikaner von ihm ablässt. Bis auf die Knochen blamiert, steht er auf, stopft sein ehemals weißes Hemd in die Hose, zeigt den Afrikanern und der Walli hasserfüllt einen Mittelfinger, steigt in seinen silberfarbenen Protzwagen und fährt mit heißen Reifen davon.

Auf Streichen haben Walli und die Afrikaner an diesem Tag keine Lust mehr. Stattdessen besprechen sie bei Kaffee und Kuchen die Vorkommnisse des Tages. Eines ist ihnen schmerzhaft bewusst: Das nachmittägliche Intermezzo wird ein Nachspiel geben.

---

64 potenter Mann

65 üble Bagage

24. Kapitel

Seit fünf Uhr morgens ist Beate auf den Beinen. Nach zwei schnellen Kaffee schwarz ist sie runter in die Metzgerei, um die Verkaufstheke vorzubereiten. Tatsächlich stehen um sechs Uhr morgens die ersten Kunden vor der Tür und wollen sich mit Bergen an Wurstsemmeln eindecken. Punkt fünf Uhr dreißig steht deshalb der Dorfbäcker mit einer Fuhre Semmeln vor der Tür. Für gewöhnlich reduziert sich das Gespräch zwischen dem Bäckermeister und Beate auf „Griaß di Franz“, „Griaß di Beate“, „Pfiad di Franz“, „Pfiad di Beate“. Doch den Bäckermeister treibt was um. Es ist die Fülle, die Susi umgibt. Die Fülle Leben, die Fülle Sinnlichkeit, die Fülle Erotik, die Fülle Sex.

„Und, ois guad bei eich?“, fragt Franz, als er Beate hilft, die Körbe mit Semmeln in die Metzgerei zu tragen. Beate schaut ihn verdutzt an. Noch nie hat sich der Bäckermeister nach ihrem Wohlbefinden erkundigt. Und nun, nach fünfzehn Jahren Geschäftsbeziehung, der erste private Anlauf. „Bei uns ois guad. Und bei eich?“, antwortet Beate.

„A ois guad.“

„Dann bassts jo.“

„Jo, sbasst.“

„Und bei da Susi a ois guad?“, fährt Franz die Konversation fort, so als ob nichts wäre. „Aha, doher waht da Wind“, denkt Beate. Sie hatte sich schon über Franz’ Gesprächigkeit gewundert. Dass nicht sie im Mittelpunkt seines Interesses steht, kränkt sie nicht besonders. Sie ist es gewohnt, nicht beachtet zu werden. „Koa Wunda, i schaug ja as wira Voglscheuchn, egal wos i mach“, denkt sie verbittert. Leider verbietet es ihr ihre Verbitterung, sich über das Glück anderer zu freuen. Und schon gar nicht über das Glück von Menschen, die ihrer Meinung nach ohnehin schon mehr als begünstigt sind. Wie zum Beispiel die Susi, auf die das halbe Dorf steht. Deshalb antwortet sie kurz angebunden: „Da Susi geht's wia imma."

„Ach so, und i ho ma scho docht, dassn Mo hod", mimt Franz den väterlichen Freund.

„Und was dat di des ogeh? Du bist doch verheirat."

„Nix. I wollts nur wissa, ned dass i plötzlich alloa im Gschäft steh."

„Du Franz, i ho etz koa Zeit, über d' Susi zu redn. Glei kimma d'erstn Kundn und dann müassn d' Wurstsemmln fertig sa. Also nix für unguad."

Als Franz weg ist, schneidet Beate missmutig die Semmeln auf. Sie ist es leid, immer nur die zweite Geige zu spielen. Ihr ganzes Leben lang stand sie in der zweiten Reihe, war nur Ersatzspielerin. Ganz egal ob zuhause, in der Schule, im Verein und später bei den Jungs. Beate war recht, wenn sonst keiner da war.

Den größten Brass hat Beate auf ihre Zwillingsschwester Beatrice. Obwohl ihre Eltern ihnen bewusst den gleichen Namen, nur anders ausgesprochen, gaben, um keine zu bevorzugen, war Beatrice immer die Strahlendere der beiden. Sie war nicht nur schöner, sondern auch klüger als Beate. Und wenngleich ihre Eltern stets darum bemüht waren, sie gleich zu behandeln, so spürte Beate die Vorzüge, mit denen Beatrice ausgestattet war. Das verschaffte der Schwester Vorteile – ob sie wollte oder nicht. Mit der Konsequenz, dass Beatrices Lächeln und Formen mit den Jahren immer satter wurden, während Beate miesepetrig dreinblickte und schon verdorrt war, ohne jemals geblüht zu haben.

Der Sohn des Dorfmetzgers Brandl, der Heribert, verliebte sich unsterblich in Beatrice. Und tatsächlich wurden die beiden ein Paar. Doch kurz vor der Hochzeit brannte Beatrice mit einem Spanier, den sie im Junggesellinnenurlaub kennengelernt hatte, durch. Heriberts Eltern, die das Geschäft endlich an den Sohn weitergeben wollten, machten Druck, er möge sich doch eine neue Frau suchen. Aber Heribert wollte nicht. Er hatte geschworen, sich nie wieder zu verlieben. „Wenn des so is, dann konnst Beate heiran. De is fleißig, de is zäh, de is dankbar, dass se überhapt eppa nimmt", erklärten ihm seine Eltern. Und so kam es, dass Heribert, der das Leben abgeschlossen hatte, Beate den Hof und schließlich einen Heiratsantrag machte. Weil Beate ein Leben als Frau des Dorfmetzgers lieber war als das Leben einer (hinter vorgehaltener Hand verspotteten) Jungfrau, sagte sie, ohne lange zu überlegen, Ja. Schon in der Hochzeitsnacht setzte es für Heribert die erste Tracht Prügel, weil er Beate im Vollrausch (der Gefühle) Beatrice nannte.

Die Klingel der Ladentür reißt Beate aus ihren Gedanken. „Dreißg Leberkassemmln!", bestellt Bauer Mick für sich und seinen Bautrupp. „Zwanzg Schnitzlsemmln!" – „A Pfund Afschnitt und fünf Boar Wiena!" Und so geht es weiter, den lieben langen Tag. Eine Bestellung folgt der nächsten. Blutwurst, Presssack, Wiener, Debreziner, Gelbwurst, Salami, Schinken, Hackfleisch, Tafelspitz. Es wird gefressen, was das Zeug hält.

Als Beate am Abend die Metzgerei schließt, ist sie heilfroh, dass sie am nächsten Tag Ruhe hat vor den gefräßigen Kunden. Denn dann ist Schlachttag und sie kann ihrer Lieblingsbeschäftigung nachgehen: dem blutigen Schlachten.

(Anmerkung von Franzi Wolf: Es war Beate, die, als sich der Frauenstammtisch formierte und nach einem geeigneten Namen suchte, auf den Namen Blutsschwestern bestand. Klar hatte es noch die eine oder andere Option gegeben. Aber Beate setzte sich durch, schnitt ihnen allen in den rechten Zeigefinger, vermengte ihr Blut und schmierte sich, Susi, Elies und Walli ein B auf die Stirn. B wie Blutsschwestern. B wie Beate. B wie bekloppt.)

25. Kapitel

Entgegen seinem Plan, die Trudi in seine sexuellen Machenschaften einzuweihen und die weiteren Schritte seiner öffentlichen Beichte festzulegen, verbringt der Pfarrer die Nacht wachend neben dem Susiklumpen. Zumindest das ist er ihr schuldig. „Sinnvoller wäre es gewesen, dich erst heute einzuäschern", sinniert der Pfarrer, „dann hätte ich dir heute Nacht noch die Hand halten können." So sitzt der Pfarrer neben einem verbrannten Etwas, das mal seine Geliebte war. „Absurder könnte die Situation nicht sein", denkt der Geistliche schuldbewusst. Das kommt davon, wenn man sich der Wollust hingibt.

Er ist dankbar, dass die Trudi nächsten Morgen Migräne und keine Kraft für gepflegte Konversation hat. „Wenns Erna recht is, leg i mi no amol hi", sagt Trudi, als er die Küche betritt. Und schon ist sie verschwunden, um sich zu übergeben. Der Pfarrer folgt der Trudi und hört die Arme würgen und brechen. Er klopft sanft an die Klotür und fragt: „Trudi, kann ich dir helfen?" Zwischen Würgen und Brechen antwortet Trudi: „Na, i brauch heint nur mei Ruah. 's Frühstück steht bereit und ums Mittag- und Amdessn müassn se si heint selba kümmarn", antwortet Trudi völlig erschöpft. „Natürlich Trudi, das mache ich. Gute Besserung!" Und zurück ist er am Esstisch und lässt sich die Erdbeermarmeladebuttersemmelhälften und den frisch gebrühten Kaffee schmecken.

Nach dem Frühstück geht der Pfarrer in sein Arbeitszimmer, packt den Susiklumpen, der in der Nacht, flankiert von Blumen und Kerzen, auf dem Nachttisch lag, in seinen Rucksack, eilt die Treppe hinunter, ruft der Trudi noch einmal „Gute Besserung!" zu, verlässt das Haus, betritt die Garage, holt sein E-Bike und los geht die Fahrt. Diese Situation hatten wir schon einmal. Allerdings führte die Fahrt damals zum Regen. An diesem Tag ist das Ziel das Bestattungsinstitut von Elies und ihrem taugenichtsigen Bruder.

Anders als an jenem unglückseligen Tag hat es der Pfarrer an diesem Morgen nicht eilig. Gemütlich tritt er in die Pedale, während er „Schön ist es auf der Welt zu sein, sagt die Biene zu dem Stachelschwein, du und ich wir stimmen ein, schön ist es auf der Welt zu sein“ vor sich hinsingt. Vor seinem geistigen Auge sieht er Roy Black und ein kleines Mädchen das Lied trällern und ist beseelt von dieser Vorstellung. Ohnehin geht es ihm an diesem Morgen ausgesprochen gut. Er hat seinen Frieden mit Susi gemacht. Und das ist das Wichtigste. Und für die anderen Probleme würden sich auch noch Lösungen finden.

Als der Pfarrer beim Bestattungsinstitut ankommt, hat es noch geschlossen, obwohl die Kirchturmglocke bereits neun Mal geschlagen hat. Kurze Zeit später schaut er auf seine Armbanduhr, die inzwischen neun Uhr zehn zeigt, und wundert sich über Elies Unpünktlichkeit. „Das, was ich zu viel habe, hat sie zu wenig“, lenkt der Pfarrer seine Gedanken von der Unpünktlichkeit auf die Sexualität von Elies und damit auf die Ironie des Schicksals. Tatsächlich kennt das ganze Dorf die traurige Geschichte von Elies, die nur zur Volksfestzeit zum Zug kommt. „Ich würde dir ja liebend gern meine sexuellen Kontakte abgeben“, adressiert der Pfarrer in Gedanken an Elies, „dann wäre uns beiden geholfen! Du hättest Sex und ich meine Ruhe.“

Bei diesen Worten versinkt der Pfarrer in unzüchtige Gedanken. Er stellt sich vor, wie er den sexuellen Focus von Susi und Beate auf Elies lenkt. Vor seinem geistigen Auge sieht er die drei Frauen stark geschminkt und in schwarzen Latexgarnituren. Sie sitzen sich mit gespreizten Beinen gegenüber und heizen sich durch obszöne Mimiken und Gestiken dermaßen auf, dass nur eine sanfte Berührung mit der Peitsche, seiner Peitsche, für einen Orgasmus par excellence reicht. Der Pfarrer ist so sehr mit seinen sexuellen Fantasien beschäftigt, dass er gar nicht merkt, wie sich sein Penis zu voller Größe aufbaut.

Wohl aber Elies, die schnellen Schrittes aus dem Wohnhaus kommt, um das Bestattungsinstitut zu öffnen, und die nicht schlecht staunt über das Gemächt des Geistlichen.

„Guadn Morgn, Herr Pforra“, grüßt Elies beschwingt. Die Latte verkneift sie sich. „Guten Morgen Elies“, antwortet der Pfarrer, ohne sich seiner Latte in der Hose bewusst zu sein. „Wej konn i Erna helfa?“, fragt Elies, die einen höchst befriedigten Eindruck macht. „Ich will mich nach einer Urne umsehen“, antwortet der Pfarrer. „Wer isn gstorbn?“, fragt Elies postwendend. „Niemand ist gestorben. Aber es könnte jemand sterben. Und für diese Eventualität möchte ich gerüstet sein“, versucht der Pfarrer, sich aus der Situation zu retten. „Aha“, sagt Elies, obwohl sie nur Bahnhof versteht. Sie hat in ihrem Geschäft schon viele schräge Vorkommnisse erlebt. Aber so etwas ist ihr bisher noch nicht untergekommen. Weil aber der Kunde König ist, fragt sie den Pfarrer, welche Art von Urne er sich denn vorstellen würde.

„Das ist die Frage“, antwortet der Pfarrer. „Ehrlich gesagt, habe ich noch keine Vorstellungen. Deshalb bin ich ja hier, um mich inspirieren zu lassen.“ Inspirieren zu lassen? Was für ein Schwachsinn. „Ähhh, ich meine natürlich, um mich umzusehen“, verbessert er sich. Inzwischen ist sein Penis wieder auf Normalgröße geschrumpft und das Blut kehrt langsam zurück in seinen Kopf. Gott sei Dank!

Um sich aus der peinlichen Situation zu retten, richtet der Pfarrer seinen Blick auf die Urnen und sagt wie beiläufig: „Ich schau mich mal bei den Urnen um.“ „Dann schaugns amol in Ruah. Und wenns mi braucha solltn, sagns Bscheid“, antwortet Elies und macht sich an die Arbeit.

„Puh, das ist noch einmal gut gegangen“, denkt der Pfarrer und flüstert dem Susiklumpen im Rucksack zu: „So, Susi, und wir zwei Hübschen sehen uns nun nach einer Urne für dich um.“ Das Angebot an Urnen ist nicht besonders groß. Aber es gibt durchaus zwei, drei Urnen, die dem Pfarrer gut gefallen würden. Aber gefallen sie auch Susi? Um dieser Frage auf den Grund zu gehen, hält er heimlich Zwiesprache mit ihr: „Was hältst du von der weißen Urne mit den zwei Herzen?" – „Was? Du meinst, sie ist zu klein?" – „Ok. Und was ist mit der cremefarbenen mit den betenden Händen?" – „Auch nicht? Hmmm. Dann gib mir einen Tipp, in welche Richtung ich suchen soll."

Die Elies ist zwar beschäftigt, aber nicht blöd. Sie merkt genau, dass sich der Pfarrer alles andere als normal verhält. Würde sie ihn nicht kennen, würde sie meinen, er sei völlig durchgeknallt. Wie die alte Heide!

Apropos alte Heide. Die hat aus unerklärlichen Gründen die ganze Nacht vor dem Schlafzimmerfenster der Elies gewacht und sich von ihrem unanständigen Gestöhne bei Vollmond, da unanständiger Traum bei Vollmond, erotisieren lassen. Gegen vier Uhr ist sie dann befriedigt und beseelt über die offene Balkontür ins Haus gehuscht und hat sich unters Bett der alten Kramerin, Elies' Mutter, schlafen gelegt. Nun ist sie wieder hellwach und möchte ihre Beerdigung regeln. Sie spürt, dass ihre Zeit auf Erden bald vorbei ist.

Da sie aber nur allzu gut weiß, dass sie in ihrem Gewand, nämlich im verschmutzten Nachthemd, für Aufruhr sorgen und man unmittelbar das Altenheim anrufen und ihre Koordinaten durchgeben würde, borgt sie sich von der alten Kramerin ein rot-blau gestreiftes Kleid, dazu einen beigefarbenen Trenchcoat und Stöckelschuhe im gleichen Ton. Die Schuhe sind ihr dummerweise zwei Nummern zu groß; daher geht sie in die Küche und sucht in allen Schüben und Schränken nach Füllmaterial. Leider ist da nichts, was sie brauchen könnte. „Im Bad kannt was sei", kommt ihr ein Geistesblitz. Doch bevor sie sich dort auf die Suche nach was Passendem macht, trinkt sie einen Cappuccino, den sie auf gut Glück aus Elies' Kaffeevollautomaten lässt, und stopft sich dazu ein paar abgelaufene Amarettini, die in einer kleinen Schüssel auf dem Küchentisch liegen, in den Mund und in die Taschen des neu erworbenen Trenchcoats – quasi als Proviant für Notzeiten.

Im Bad hinterlässt sie, ähnlich wie in der Küche, eine Unordnung wie nach einem Raubüberfall. Wild durchsucht sie alle Schübe und

Schränke nach Watte oder anderem Füllmaterial und entscheidet sich schließlich für Windeln, die wohl für die alte Kramerin gedacht sind. „A Watte war ma lejba, aber bessa Windl als nix", denkt sie pragmatisch. Mit einer Nagelschere, die neben dem Waschbecken liegt, schneidet sie die Windeln dann so zurecht, dass sie in die beigefarbenen Stöckelschuhe passen. „Des basst", freut sich die alte Heide wie eine diebische Elster. „Etz brauch i nur no an Kleber", schlussfolgert sie. Deshalb macht sie sich im Wohnzimmer auf die Suche nach Klebstoff. Und siehe da: In einem schicken Kommodenschub findet sie Kleber neben Dutzenden Zeitungsausschnitten, die den Bürgermeister in Glanz und Gloria zeigen, und ein goldenes Fotoalbum mit den Buchstaben MM. *(Anmerkung von Franzi Wolf: MM steht weder für Malignes Melanom noch für Marilyn Monroe, sondern für Mein Mane.)* Neugierig öffnet Heide das Album und blättert es durch. „Da kummt orm ja 's Kotzn", sagt sie angewidert, denn auf allen Bildern ist der Bürgermeister mit seinem selbstverliebten Breitmaulfroschgrinsen zu sehen. Mit einem „Pfui Deifl[66]" klappt die alte Heide das Album lautstark zu und spuckt darauf.

„Zeitverschwendung", murmelt sie und widmet sich wieder sinnvolleren Aufgaben, zum Beispiel dem Innenleben ihrer neuen Schuhe. Im Schneidersitz macht sie es sich auf dem Boden gemütlich und fängt an zu werkeln. Zuerst bearbeitet sie den linken Schuh, dann den rechten. Beim linken hat sie ein wenig gepatzt. „Oba wer schaut scho auf d' Schua, wenn ma a Gsicht hod wej gmolt?", tröstet sie sich. Tatsächlich gleicht das Gesicht der alten Heide einem Kunstwerk. Einem abstrakten Kunstwerk zwar, aber immerhin. Die grellen Farben, mit denen sie die Konturen verstärkt hat, lassen sie aussehen wie der Bösewicht Joker in Batman – was Heide mit ihren verschrobenen 93 Jahren offensichtlich anders wahrnimmt. Sie ist stolz auf ihr gelungenes dezentes Make Up.

66 Teufel

Bevor sie das Haus verlässt, schaut sie noch kurz bei der alten Kramerin vorbei – die Gott sei Dank seelenruhig schläft, sonst hätte sie beim Anblick der alten Heide einen Herzinfakt erlitten, bedankt sich für die Leihgaben und verlässt fröhlich pfeifend das Haus. „Wos für a grandiosa Dog!", freut sie sich.

Und grandios geht er weiter. Da die alte Heide nicht mehr die Jüngste ist, möchte sie endlich ein Thema angehen, das sie jahrelang zur Seite geschoben hat: nämlich ihre eigene Beerdigung. Gedanklich spielt sie mit einer Party anstatt mit einer klassischen Trauerfeier. Am liebsten wäre es ihr, der alten Health Angels-Rockerin, wenn bei ihrer Beerdigung eine AC/DC-Coverband zu einer fetzigen Grabrede des örtlichen Pfarrers aufspielen würde. Aber zuerst will sie sich um den Rahmen kümmern, sprich um Urne, Sterbebilder, Grabschmuck etc. pp.

Wie ein betrunkener Flamingo wackelt die alte Heide zum Geschäft der Elies – die Schuhe könnten definitiv besser sitzen. Aber in Anbetracht mangelnder Alternativen beißt die Heide ihre dritten Zähne zusammen getreu dem Motto: Keep your heels, head and standards high.

Nachdem sie die 500 Meter vom Wohnhaus zum Geschäft unfallfrei bewältigt hat, hält sie kurz inne, ordnet ihre Kleidung und nimmt dabei die Schaufensterauslage in Augenschein. Dabei bleibt ihr Blick an einem filigranen, silbernen Rosenkranz mit blauen Edelsteinen hängen. Da sie den Preis aus einem Meter Entfernung beim besten Willen nicht lesen kann, drückt sie ihr farbenfrohes Gesicht gegen die Fensterscheibe. Just in dem Moment, als der Pfarrer aus dem Fenster des Bestattungsgeschäfts schaut. „Wow", entfährt es dem Geistlichen. Vor lauter Schreck macht er einen dynamischen Schritt zurück und kracht gegen das Regal mit den Urnen. Eine Spur zu weit. Dummerweise. Denn das Regal löst sich aus der Verankerung, wackelt kurz hin und her und beugt sich dann der Schwerkraft. „Jesus, Maria und Josef", murmelt er, bevor er sich in letzter Sekunde in Sicherheit bringt.

Während der Pfarrer – Gott sei Dank – heil bleibt, zerbersten die Urnen beim Aufprall auf den Boden in tausend Stücke – bis auf die eine mit den zwei Herzen. „Na, wenn das kein Zeichen ist!“, freut sich der Pfarrer in all dem Chaos wie ein Schneekönig über die Nachricht von oben. Als dann aber die alte Heide in ihrem Dragqueenlook in den Laden kommt, „Highway to Hell“ plärrt, sich Trenchcoat und Kleid vom Körper reißt und ihren Kopf durch die Luft schwingt, während Elies wieder und wieder „Ja so a Scheißdreck“ wiederholt, wird dem Pfarrer klar, welch enormen Schaden er angerichtet hat. Und der Ursprung seiner Schuld liegt einmal mehr in seiner verflixten Wollust. Hätte er sich nicht jahrelang mit Susi verlustigt und sie dann in einer reuigen Phase entsorgt, müsste er jetzt nicht nach einer Urne für den Susiklumpen suchen. Was hatte er sich da nur eingebrockt …

26. Kapitel

Susi sitzt am Esstisch ihrer picobello geputzten und lichtdurchfluteten Dachzimmerwohnung. Nirgends ist ein Staubkorn zu sehen, nirgends ein Fleck. Mal abgesehen von dem großen Spermafleck auf ihrer rot-weiß karierten Couch. Normalerweise würde sie ihm unverzüglich mit Putzschürze, Gallseife und Schrubber zu Leibe rücken. Doch was ist schon normal irgendwo im bayerischen Nirgendwo. Und so bleibt der Fleck. Quasi als Erinnerung an die zweite Nacht mit dem Pfarrer, die voller Höhepunkte war.

Doch eine Erinnerung allein reicht der Susi nicht. Ihre Erlebnisse mit dem Pfarrer sind so fantastisch, dass sie sie schriftlich festhalten muss. Deshalb ist sie tags zuvor zum Schreibwarengeschäft ein Dorf weiter geradelt, hat sich ein Notizbuch mit feuerrotem Einband gekauft und anschließend aus alten Stoffresten folgende Buchstabenkombination genäht: S-U-S-I-S-W-E-L-T. Diese klebte sie dann sorgfältig auf ihr feuerrotes Notizbuch, das fortan ihr Tagebuch ist.

Erster Eintrag *(Anmerkung von Franzi Wolf: Der originale Tagebucheintrag auf Bairisch ist auf mysteriöse Art und Weise verschwunden; glücklicherweise existiert aber noch die hochdeutsche Übersetzung.)*

Mein heiß geliebtes Tagebuch,

ich bin verliebt und schwebe auf Wolke Sieben. Ich, die Bäckereifachverkäuferin des Dorfes, habe einen Freund. Und noch dazu einen Akademiker. Genau, du hast richtig gelesen: einen Akademiker. Einen gutaussehenden, gebildeten, gut gebauten, zärtlichen und endlos geilen Akademiker. Sein einziges Manko: Er ist Geistlicher. Aber damit kann ich mich arrangieren. Solange er es mir besorgt! (Der letzte Satz war nicht so gemeint)

Heute, in der Bäckerei, konnte ich mich auf meine Arbeit gar nicht konzentrieren. Alles, was ich tue, denke, sage, sehe ist rosa eingefärbt. Am schlimmsten ist es mit dem Sehen. Ich sehe die Dinge plötzlich ganz anders. Als ich heute dem Heribert, Beates Mann, zwei Bananenschnitten eingepackt habe, war ich so erregt, dass ich den Betrag mehrmals in die Kasse tippen musste, bis er passte. Sehe ich einen Gegenstand, der nur ansatzweise an das Geschlecht des Pfarrers erinnert, ist es um mich geschehen. Das gleiche Problem habe ich mit Salzstangen.

Aber es kommt noch schlimmer: Als ich heute der Baderin vier Apfelstrudel eingepackt habe und dann die Vanillesoße darüber goss, ist es mir gekommen. Plötzlich hat es zwischen meinen Beinen zu beben begonnen und dann war er schon da, der Orgasmus. Gott sei Dank hat die Baderin meinen Höhepunkt mit einer Kreislaufschwäche verwechselt. Sie rief sofort nach dem Bäckermeister und gemeinsam halfen sie mir zu einem der Bistrostühle, die beim Eingang der Bäckerei stehen. Ich setzte mich hin und rief mir noch einmal das Gefühl, das mich nur wenige Minuten zuvor durchströmt hatte, in Erinnerung. Und wieder wäre es mir beinahe gekommen, wenn nicht der Bürgermeister hereingepoltert wäre.

Der alte Hammel roch definitiv nach Sex, das habe ich in meinem hochsensiblen Zustand sofort gerochen. Und ich meine auch das Parfum von Elies gerochen zu haben. Aber das kann, muss sogar ein Irrtum sein. Obwohl der widerliche alte Sack nur kurze Zeit vorher mit einer Frau zusammen war, hat er mir auf penetrante Art und Weise den Hof gemacht. Irgendwann ist es selbst dem Bäckermeister zu viel geworden – obwohl der sich selbst seit einigen Wochen ganz eigenartig benimmt. Wie ein aufgeplusterter Gockel, der keine Gelegenheit verstreichen lässt, um mich zu berühren. Nicht unsittlich, das nicht. Aber er berührt mich und das ist mir unangenehm.

Ich habe Anton davon erzählt. Anton, dem Akademiker. Aber Anton meinte, dass ihm die Hände gebunden seien. Er könne sich keinesfalls als mein Liebhaber outen, sonst wär's unverzüglich aus mit uns. Das will ich natürlich auf keinen Fall. Aber Anton hatte eine andere Idee: Er würde sich in seinen nächsten Predigten mit den Sieben Todsünden beschäftigen und dabei einen besonderen Fokus auf das

Thema Wollust werfen. Vielleicht hilft das ja. Aber den schwergewichtigen Schwerenötern kann er natürlich nicht direkt ins Gesicht sagen, dass er ihre anzüglichen Bemerkungen und Berührungen nicht duldet.

Deshalb bin ich heute selbst aktiv geworden und habe dem Bürgermeister auf die Finger gehauen, als er mir wie selbstverständlich an den Busen gegrabscht hat, die alte Sau. Anton fasst mich ganz anders an. Wenn Anton meine Brüste in seinen Händen wiegt und dem Schöpfer für dieses „Wunder der Natur", wie er immer sagt, dankt, dann bin ich ganz high. „Wunder der Natur", wie schön er das sagt. Er verehrt mich, weil ich Teil der Schöpfung bin. Er liebt meine Haare („engelsgleich"), mein Gesicht („wie Madonna"), meinen Mund („sinnlich"), meine weiche Haut („wie bei einem Säugling") und natürlich meine Momo. Die Momo mag er am liebsten. Und meinen Busen. Egal, was wir machen, immer hat er seine Hand entweder auf meiner Momo oder auf meinem Busen. Ich mag das. Das zeigt mir, dass er mich liebt.

Letzte Nacht war er wieder bei mir und wir haben fast gar nicht geschlafen, so wild haben wir's miteinander getrieben. Auf dem Küchentisch, auf der Couch, im Bett, am Boden. Wenn ich das schreibe, erröte ich. Denn Sex ist ja auch immer ein wenig schmutzig, nicht wahr?! Aber auch unfassbar gut. Letzte Nacht hatte ich vier Orgasmen. Immer, wenn es mir kam, musste mir Anton den Mund zuhalten, sonst hätte ich das ganze Haus zusammengeschrien. Und dann hätten Anton und ich ein Problem.

Mein liebes Tagebuch, ich muss jetzt Schluss machen für heute. Gleich kommen Beate, Elies und Walli. Ausnahmsweise treffen wir uns zum Stammtisch heute bei mir. Wir wollen unser Bündnis erneuern.

Deine Susi

27. Kapitel

Pünktlich um 19.30 Uhr stehen die Stammtischschwestern bei Susi auf der Matte. Beate hat eine Plastiktüte mit diversen Würstchen dabei. „De mejn weg“, sagt sie. „Und de a“, sagt Elies mit Blick auf die zwei Obstbrände in ihren Armen. „Na, ned scho wieda“, antwortet Susi und verdreht dabei die Augen. „Dieses Mal wird es nicht so wild, ich habe nämlich afrikanische Teigtaschen als Grundlage dabei“, beruhigt sie Walli, die als letzte die Wohnung betritt.

In der Eile hat Susi ganz vergessen, ihr Tagebuch wegzuräumen. „Ah, wos isn des? S-U-S-I-S-W-E-L-T!“, spöttelt Beate. Neugierig greift sie mit ihren Fleischerhänden nach dem feuerroten Büchlein und will es öffnen, als Susi vor sie tritt und anfunkelt: „Des geht di gor nix o!“ „Das sehe ich genauso“, eilt ihr Walli zu Hilfe. „Is ja scho guad. I wollts doch nur oschaugn“, entgegnet Beate entschuldigend und reicht das Notizbuch Susi, die es unverzüglich in ihrer Handtasche verschwinden lässt.

Nach diesem kleinen unschönen Vorfall scheint es den vier Blutsschwestern angemessen, einen Schnaps zu trinken. Und weil Susi keine Schnapsgläser zuhause hat, stellt sie vier Weingläser auf den Tisch. „Mei Susi, hätst wos gsogt, dann hät i a bor Schnapsglasln bsorgt“, sagt Elies mit einem freundlichen Augenzwinkern. „I ho ja ned wissen kenna, dass d’n Schnaps mitbringst“, antwortet Susi eine Spur zu pampig.

„Ich ho nan mitbrocht, wal a uns ’s letzte Mol so guad gschmeckt hod.“

„Da host a wieda Recht“, sagt Susi nun ein wenig versöhnlicher, schenkt vier satte Gläser ein, sagt „Prost“ und ext[67] das erste Glas. Damit ist der feuchtfröhliche Abend eröffnet.

67 trinkt (das erste Glas) bis auf den letzten Tropfen aus

Die Blutsschwestern sitzen am Küchentisch und essen gemeinsam zu Abend. „Also de Teigdoschn schmecka echt guad", lobt Susi mit vollem Mund. „In deim Zustand schmeckt da ja eh ois", kommentiert Beate schnippisch. Beate war noch nie freundlich gewesen, aber ihr Ton ist seit dem letzten Stammtischtreffen noch rauer geworden. „Beate, i ko a nix dafür, dass d' mit deim Lebn ned zfriedn bist", kontert Susi.

„I und ned zfriedn, des konnst da sche abschminga."

„Dann versteh i deine Anspielungen ned."

„Des muasst a ned. Und, Susi, bei se wej[68], mir geht's bessa denn je."

„Dann is ja guad, wals uns offenbar alln guad geht, ned wohr?", sagt Susi und schaut in die Runde der Blutsschwestern.

Für sich selbst kann sie behaupten, dass es ihr nie besser ging. Als sie nun ihre drei Freundinnen betrachtet, kommt sie zu folgendem Schluss: Beates Gesichtszüge schauen tatsächlich entspannter aus; und dennoch haut sie verbal auf die Kacke. „Als wenn s' eifersüchtig waar", denkt Susi. Die Elies wirkt so, als ob man ihr intravenös ein hochdosiertes Verjüngungsmittel verabreicht hätte. Ehrlich gestanden sieht sie zum Anbeißen gut aus. Und Walli ist wie immer: zurückhaltend, freundlich, zufrieden.

Dann, als der Alkohol seine Wirkung zeigt sagt Susi: „Wir solltn unsere Blutsschwesternschoft erneijern." „Des kannt ma scho, oba dann müasst ma uns schneidn", gibt Beate zu Bedenken. „Also i woaß ned, ob i des will", zweifelt Elies. „Du host Schiss, des is ois", pflaumt Beate sie an. „Als ob i Schiss hät", antwortet Elies beleidigt. „Fralle host Schiss", kontert Beate bissig. „Des moinst a bloß du." Kaum hat sie den letzten Satz gesagt, hat sich Elies auch schon mit einem Brotzeitmesser in den Unterarm geschnitten. „Du bluats ja wej a Sau",

68 by the way

sagt Beate erschrocken. „Im Gegnsatz zu dir bluat i wenigstens“, spielt Elies auf Beates blutleeres Wesen an. Das lässt Beate nicht auf sich sitzen. Sie schnappt sich das Messer von Elies und schneidet sich ebenfalls in den Unterarm. Die Wunde ist tief und trotzdem fließt bei Beate tatsächlich kein Blut. „Sighst des, hob is doch gsagt“, freut sich Elies. Dann nimmt sie Beate das Messer ab und hält es Susi hin: „Etz bist du an da Reih.“ Susi schaut Elies mit ihren großen Rehaugen an. Plötzlich ist ihr nicht mehr ganz wohl bei der Sache, obwohl es ja eigentlich ihre Idee war. Als Elies ihr Zögern merkt, macht sie Tabula rasa und schneidet der Susi blitzschnell in den Unterarm – und der Walli gleich hinterher. „Bist du narrisch gworn?“, schimpft Susi. „Na, bin i ned. Oba des dauert ma zlong“, antwortet Elies entschieden.

„So Mädels, etz mej ma die bluatign Stölln unsra Unterarme afeinanderlegn, damit se unser Bluat vermischn ko“, gibt Beate die weitere Marschroute vor. Daraufhin reiben die vier Frauen ihre Unterarme so lange aneinander, bis sie alle vollends blutverschmiert sind. Dann erhebt Beate das Glas, sagt staatstragend „Af uns, Schwestern!“ und trinkt den Schnaps auf Ex aus.

28. Kapitel

Elies' Bestattungsinstitut sieht aus wie nach einem Bombenangriff. Auf dem gesamten Boden liegen die unzähligen Urnenscherben verstreut. „Etz schaugts amol, wosz ogricht hobts“, schimpft Elies den Pfarrer und die alte Heide. „Wissts, wej lang i brauch, bis i den Saustall wieda afgramt ho?“, fährt sie anklagend fort. „Lang“, gibt ihr die alte Heide ehrlich zur Antwort. „Oba i konn da ja helfa“, bietet die alte Frau tatenfroh an. „I glaub, des mach i lejba aloa“, beschließt Elies und fängt sogleich an, Scherben vom Boden zu sammeln.

Die alte Heide fühlt sich auf einmal nicht gut. Ursprünglich hatte sie ja nur ihre Beerdigung regeln wollen. Und nun das! Ihr ist klar, dass das ein Nachspiel haben wird und dass die Sicherheitsvorkehrungen im Altenheim noch einmal verschärft werden würden. Deshalb beschließt sie zu handeln, bevor es zu spät ist. In ihrem Dragqueenlook hakt sie beherzt den Pfarrer unter, der gerade an der einzigen Urne, die den Unfall schadlos überstanden hat, herumnestelt und sich bei der Berührung durch Heide fast zu Tode erschrickt – als ob er auf frischer Tat ertappt worden wäre. Die alte Heide mustert ihn und fragt sich, ob er noch alle Zacken in der Krone hat. Da es ihr aber schlussendlich egal ist, leitet sie ohne Umschweife folgenden Monolog, mit der sie ihre Beerdigung regelt, ein:

„Herr Pforra, i muass mit erna redn. Des wichtigste is d' Musi. Am leiwandsten hätt i a AC/DC-Coverband, de am Anfong und am End Highway to Hell spuit. Wichtig waa ma a a saubere Grabred. De kanntn Se holtn. Wej S' a wissn, wor i a Rockerbraut. I ho de Health Angels mitgegründet. Unsa damaliga Chef hod gmoint, dass ma uns ohern solltn wej de Hells Angels. Gmoint hod a den raun Umgangston. Und a unsre Maschin' sollt ma so aftjuna, dass de se ohern wej de von de Hells Angels. I hos oba ganz anders verstana. I hos so verstana, dass i an Nom fina soll, der se ohert wia Hells Angels, und dass i dann unsre Lederkuttn mit dem Schriftzug versegn soll. I ho also übalegt und bi dann af Health Angels kumma. Des hot ma gfolln. I dacht ma, dass Gsundheit bessa is als d' Höll. Und so ho i wochenlang an dem Schriftzug goarbat, bis i mehrere Dutzend fertig ghobt ho. Dann ho i ma zwoa Rockafreindinna gsuacht, ho a Festl arranschiert, ho olle Rocka rotzbsuffa[69] gmacht, dass se si nimma auskennt hom, und dann ho is mit meine Rockafreindinna auszogn und ho af erna Kuttn den neia Schriftzug afegnat. Si kenna si vorstölln, wia de se gfreit hom."

„Oh ja, Heide, das kann ich mir bildlich vorstellen", antwortet der Pfarrer. Er meint sich an eine entsprechende Schlagzeile in der Süddeutschen erinnern zu können. Auf jeden Fall ist den Rockern der Name Health Angels geblieben. Sie haben sogar einen gemeinnützigen Verein gegründet, der sich um die Belange von Prostituierten kümmert und seinen Sitz in Regensburg hat. Wie die Dinge sich doch fügen.

„Und, Heide, da wir nun geklärt haben, welche Musik du haben möchtest und in welche Richtung die Grabrede gehen soll, wüsste ich gerne, ob du eine Feuerbestattung wünschst?", fährt der Pfarrer fort. „Oh ja, a Feierbestattung waar a Sach. Sie mejn ma bloß versprecha, dass se mei Aschn von den diversen Körperersatzteiln befrein. Sie wissn scho, wos i moan", antwortet die alte Heide und lächelt dem Pfarrer konspirativ zu. „Meinst du Zahnersatz?", fragt der Pfarrer naiv. „Na, ned doch de Zehn. I moan des Silikon und de Spiraln", sagt die alte Heide fast schon genervt. „Ich kümmere mich zu gegebener Zeit darum", verspricht der Pfarrer, dem das Gespräch immer unangenehmer wird.

Sein Versprechen rührt die alte Heide so sehr, dass sie ihm um den Hals fällt und an sich drückt. „Se san so a guada Mensch", bedankt sich die alte Heide bei dem Geistlichen. „Ich bin mir nicht sicher, ob ich so ein guter Mensch bin", antwortet der Pfarrer nachdenklich.

---

69 sturzbetrunken

Dann entschuldigt er sich bei der Heide, um bei Elies nachzufragen, wie sie die Sache mit dem angerichteten Schaden klären will. Dabei hofft er inständig, dass er eine Haftpflichtversicherung hat, damit er den Betrag für den Schaden nicht von der Kollekte abzweigen muss. Diese kurze Zeitspanne, nämlich als der Pfarrer und die Elies die Schadensfrage klären, nutzt die alte Heide, um sich die einzige Urne, die übrig geblieben ist, zu schnappen und aus dem Bestattungsinstitut zu staksen.

Gerade, als sie über den großflächigen Parkplatz wackelt, fährt ein roter Flitzer ohne Dach vor. Es ist der Bürgermeister höchstselbst. Das Stadtoberhaupt hat es scheinbar eilig, denn er lässt den Autoschlüssel stecken. *(Anmerkung von Franzi Wolf: Sein Druck in der Hose ist so groß, dass er sich dringend entladen muss.)*

„Elies, griaß di", grüßt der Bürgermeister, als er das Bestattungsinstitut betritt. Dann, keine fünf Sekunden später: „Omei, wos isn da bassiert?" Elies will dem Bürgermeister gerade erklären, was sie in der letzten Stunde erlebt hat, quasi einen kleinen Alptraum, als sie von Motorengeheul aufgeschreckt werden. „O, o, des herd se ned guad o", sagt Elies. „Ja wal de Volldeppn Autos fahrn, de für se ned geeignet san", schimpft der Bürgermeister und lässt seinen Blick über die Unordnung schweifen. „Du, Elies, i rauch erst mol oane und dann sehng ma weida", beschließt er und lässt die Elies im Saustall zurück.

Als der Bürgermeister aus dem Bestattungsinstitut tritt, gefolgt vom Pfarrer, trifft ihn fast der Schlag. Er bekommt gerade noch mit, wie die alte Heide in seinem neuen, roten Flitzer mit Gewalt den ersten Gang einlegt und dann hochtourig davonbraust. „Schalt, du dumms Rindvieh", ruft er ihr hinterher. Auch der Pfarrer fällt aus allen Wolken, hat sich doch tatsächlich die alte Heidi mit der Urne, samt Susiklumpen, aus dem Staub gemacht. Die alte Heidi wiederum ist in Gedanken schon längst woanders, sodass sie beide gar nicht mehr wahrnimmt.

Holla, die Waldfee, irgendwo im bayerischen Nirgendwo geht's zu wie bei Sodom und Gomorra.

29. Kapitel

Als der Pfarrer heimkommt, will er sich erst einmal hinlegen, so erschöpft ist er. Der Vormittag ist aber wirklich alles andere als gut gelaufen. Zuerst das Tohuwabohu im Bestattungsinstitut und dann die alte Heidi, die mit der Urne, inklusive Susiklumpen, und dem roten Flitzer des Bürgermeisters davongebraust ist. Tränen schießen dem Pfarrer in die Augen und er beginnt, laut zu schluchzen. „Susi, verzeih mir!“, wiederholt er ein ums andere Mal. Gut, dass die Trudi mit Migräne im Bett liegt und ihn in diesem Zustand nicht sieht. Spätestens jetzt würde sie ihn für geistesgestört halten.

Trotz seelischer Unordnung ist dem Pfarrer eines klar: Die Urne inklusive Susi muss er zurückbekommen. Um jeden Preis. Und er hat auch schon eine Ahnung, wie. Nun, da er einen Plan hat, ist die Müdigkeit des Pfarrers plötzlich wie weggeblasen. Statt ins Bett geht der Pfarrer in die Küche, um sich einen Kräutertee zu machen.

Wie immer ist die Küche blitzblank geputzt. „Was ist die Trudi doch für ein Schatz“, denkt sich der Pfarrer. Er macht sich an der Küchenzeile zu schaffen und wider Erwarten gelingt es ihm, sich einen Tee zu kochen. Stolz mit dem Ergebnis setzt sich der Pfarrer an den Küchentisch und sortiert den Stapel Post, den Trudi am Vormittag trotz Migräne auf den Tisch gelegt hat, nach Zeitungen und Zeitschriften, Werbung, Rechnungen und Briefen. Heute sind zwei Briefe gekommen. Ein Brief von Franz Biendl, Schulrektor a.D., der Anmerkungen zu seiner letzten Predigt hat. „Mal wieder“, stöhnt der Pfarrer und rollt die Augen. Was den anderen Brief betrifft, so steht auf ihm nur „PFORRA“. Sonst nichts. Das macht den Pfarrer neugierig und er reißt das Kuvert auf. Als ihm bewusst wird, von wem der Brief kommt, überkommt den Pfarrer ein kalter Schauder. Es ist weder ein Drohbrief noch ein Liebesbrief. Es ist ein Erpresserschreiben von Beate.

Servus Anton,

du host ma 's letzte Mol so guad bsorgt. I erword di heit um achte im Fischerheisl beim Regn zum Reweiwl[70]*. Wennst ned kummst, dann woaß 's ganze Dorf, dass d' a Mörder bist.*

In Liebe, dei Beate

Dem Pfarrer wird speiübel. Er muss sich mehrmals übergeben, nachdem er den Brief gelesen hat.

Die Trudi, der es inzwischen wieder besser geht, klopft sanft an der Klotür und fragt den Pfarrer, ob alles in Ordnung ist. „Ja, Trudi, es ging mir noch nie besser", lügt der Pfarrer alles andere als glaubwürdig. Aber was soll er tun? Mehr und mehr entgleitet ihm die Situation, und wenn das so weitergeht, dann wird ein Unglück passieren. Ein echtes Unglück!

70 Revival

30. Kapitel

Wie sehr einen das Leben doch ändern kann. Zum Guten wie zum Schlechten. Bei Hubert, der immer ein 1 A-Vorzeigepolizist gewesen war, sind in den letzten Wochen Seiten zum Vorschein gekommen, die vielleicht nicht ganz so sauber sind. Aber bekanntlich heiligt der Zweck die Mittel. Und Anna ein neues Leben zu ermöglichen, ist wahrlich Zweck genug. Jetzt, wo er und Anna wissen, wo sie ihr restliches gemeinsames Leben verbringen wollen, müssen nur noch drei Hürden genommen werden: Der Bürgermeister muss über den Tod von Anna in Kenntnis gesetzt werden, die Anna muss beerdigt und Luks Flucht realisiert werden.

In enganliegender Polizeiuniform, die seiner Figur bekanntermaßen schmeichelt, steht Hubert vor der Haustür des Bürgermeisters. Er muss zweimal klingeln, bis ihm das Dorfoberhaupt öffnet. „Sers Hubsi, wos gibds?", fragt Manfred. „Derf i eina?", fragt Hubert. „Fralle, kimm eina", antwortet Manfred und bittet den Polizeihauptkommissar ins Wohnzimmer.

Manfred war noch nie zuvor im Haus des Bürgermeisters gewesen und blickt sich neugierig um. „Es is ned afgrammt", entschuldigt sich der Bürgermeister. „Oba woaßt, i kimm ned dazua und Anna, des Luada[71], kimmt ned hoam", fährt Manfred fort. „Deswegn bin i a do", sagt der PHK. „Weswegn?", fragt Manfred.

„Wal d' Anna nie wieda hoam kummt."

„Wej moanst des?", fragt der Bürgermeister irritiert. „Anna is doad", bringt es der Polizeihauptkommissar auf den Punkt.

Schweigen – Entsetzen – Wut. „Des ko ned sei, dass d' Anna, de Mistmatz, doud is. Lasst mi und 'n Luk im Stich. Und wer soll si etz

71 liederliche Weibsperson

ums Haus und ums Essn kümmarn? I ho koa Zeit. Auf d' Anna war no ni Verlass, de duad, wos' will. Und etz ho i a no a Beerdigung am Hols", lässt der Bürgermeister seinem Frust freien Lauf.

„I ko ma guad vorstelln, wia schlimm des für di is. Und a fürn Luk. Oba i huif eich. Mit der Elies, de d' Anna übrigens scho eigäschert hod, ho i scho gsprochn. De kümmert se um d' Beerdigung. Und da Luk konn daweil bei mir wohna, bis du di erholt und a neis Weih gfuna host", sagt der PHK aufmunternd und fügt noch schnell hinzu: „I find, dass d' Elies a saubere is."

Also eines muss man dem PHK lassen: Er hat Verstand! Wie er da den Bürgermeister still und heimlich lenkt, wie er es braucht, ist Spitzenklasse. Chapeau, Chapeau! Ohne großes Trara hat der Bürgermeister die Nachricht vom Tod seiner Frau akzeptiert; er wollte nicht einmal wissen, wie und wann seine Frau gestorben war und warum Elies sie, ohne ihn zu fragen, schon eingeäschert hat. Ganz so, wie Anna es prophezeit hatte. Ihre Nachfolge hatte Hubsi auch schon ins Spiel gebracht, nämlich die Elies, die sich prima als Ehefrauersatz eignet. Und schließlich hat er sich als wahrer Freund erwiesen, indem er anbot, sich in der nächsten Zeit um Lukas zu kümmern. Wie einfach der Bürgermeister doch gestrickt ist.

Während der Bürgermeister in die Küche geht, um zwei Bier zu holen, geht der Polizeihauptkommissar das Gespräch im Stillen noch einmal durch. Als er gedanklich bei Elies ankommt, merkt er, dass er noch nachlegen muss: „Woaßt du eigentlich, dass d' Elies stoareich is?" Und siehe da, sofort hat er die ungeteilte Aufmerksamkeit des Bürgermeisters. „Stoareich? Woher woaßtn des?", fragt Manfred. „Zufoll", sagt Hubsi. „I ho amal in an andern Foll rescherschiert und dabei rausgfuna, dass d' Elies mehrere Millionen af ihrm Konto hot", ergänzt er.

Dem Bürgermeister fällt bei den Worten mehrere Millionen die Kinnlade runter. Auch wenn er sich immer wieder durch seine Geschäfte mit dem Gebhard Fränk etwas dazuverdienen konnte, so führt er nicht das Leben, das er seiner Meinung nach verdient hätte.

Eine reiche Frau an seiner Seite würde diese kleine Unebenheit seines sonst so geradlinigen Lebens ausbügeln. Und mal abgesehen davon, dass die Elies gar nicht schlecht aussieht, ist sie eine endlos geile Bestattungsinstitutsinhaberin. „Daraf trink ma", sagt der Bürgermeister und prostet dem Polizeihauptkommissar zu. „Und an Luk' schick i da vorbei, sobald i mit erm gsprochn ho. I muaß mi etz wirklich erholn von dem Schock." Es ist nicht ganz klar, ob er den Tod der Anna meint oder die vielen Millionen von Elies. Aber soll der Gute sich mal erholen.

31. Kapitel

Als sich der Pfarrer auf den Weg zum Fischerhäuschen macht, überkommt ihn eine riesen Wut. Er hatte einen Fehler gemacht, das ist richtig. Aber dass der Fehler, nämlich seine jahrelange Liaison mit der Mariä Himmelfahrt-Susi, also der Gummisusi, solche Folgen nach sich ziehen würde, empfindet er als ungerecht. Noch ungerechter ist in seinen Augen, dass er ausgerechnet von Beate erpresst wird. Wie oft schon hatte er Beate die Beichte abgenommen und versucht, die Wogen zu glätten, die sich zwischen ihr und ihrem Mann aufgetürmt hatten.

Heribert ist ein guter Mann, farblos und ohne Kanten, aber gut. Dass Beate ihn bekommen hat, wertet der Geistliche als Glücksfall für Beate. Sie ist die Frau eines angesehenen Dorfmetzgers, der für seine Wurstwaren schon etliche Preise gewonnen hat. An seiner Seite hat sie das Privileg, ihre eigene Herrin zu sein. Und auch in materieller Hinsicht fehlt ihr an nichts. Dass ihr Liebesleben einer vertrockneten Schlammgrube gleicht, ist natürlich tragisch. „Aber im Leben gibt es mehr als heiße Liebesnächte“, zieht er sein Fazit.

Bei dem letzten Gedanken überkommt den Pfarrer ein Schamgefühl. Er hatte auch ein ausgefülltes Leben, bis Susi, zuerst die Gummisusi, dann die fleischliche, in sein Leben trat. Aber er war zu seinen Susis (fast) immer gut gewesen. Ganz anders Beate, die ihren Mann tyrannisiert und immer wieder Gewalt antut. Am schlimmsten sind ihre perfiden Spielchen, die sie mit ihm treibt. Nur allzu gut erinnert sich der Pfarrer an Beates letzte Beichte, als sie ihm folgende Geschichte erzählt hat:

„Wissens, Herr Pforra, mei Mo is a Stehpinkler. I woaß ned, wie oft i erm scho gsogt ho, dass i s' leid bi, seinen Urin von der Kloschüssl zu putzn. Er sagt dann imma, dass er si 's nächste Mol hisitzn wird. Pfiffkas[72], nix dua da. Stattdessen bieselt er fröhlich stehnd weida. Da i offenbar af daube Ohrn stejs, ho i ma wos eifolln lossn, i muaß doch mei Wuad loswern. Also putz i seit Najestem 's Klo mit seinen Handdejcheln und leg se erm dann sauba zammaglegt wieda hi. Wenn er si also 's Gsicht oda d' Hend woscht, dann trocknet er se nachher mit de versifftn Handdejcheln o. Des is für mi so a Freid, des konn si koana vorstelln."

Dass den Pfarrer diese Geschichte verstört hat, versteht sich von selbst. Noch schlimmer die Anekdote mit den gepanschten Würsten, die Beate für „de Saupreißn", Zitat Beate, in Nacht-und-Nebel-Aktionen produziert. Dann geht sie nachts heimlich in die Metzgerei und macht Ekel-Geflügelwurst, weil die bei den „Saupreißn" so gut ankommt. Ihre letzte Geflügelwurst, die zu neun Prozent aus Fleisch, zu 27 Prozent aus Wasser und zu 46 Prozent aus Separatorenfleisch, also Abfällen aus der Fleischproduktion, und aus Schlachtblutplasma, das die hohe Wasserzugabe kaschiert, bestand, wurde sogar prämiert. „Wej de si danach verkaft hot", hatte Beate damals eine diebische Freude.

Und mit eben dieser Beate soll er nun intim sein. „Nein, das geht nicht. Einmal ist keinmal", sagt sich der Pfarrer mit Blick auf den ersten sexuellen Zwischenfall mit Beate. Aber er will das nicht ein zweites Mal. Und deshalb muss er zu einer List greifen.

Als der Pfarrer im Fischerhäuschen ankommt, erwartet ihn Beate bereits. Sie hat die Hütte auf Hochglanz poliert und mit Blumen und Kerzen dekoriert. „Griaß di", begrüßt Beate den Geistlichen mit so viel Erotik in der Stimme, wie es ihr Wesen zustande bringt. Mit einer einladenden Geste deutet sie auf einen Tisch, der für ein romantisches Tète-á-Tète vorbereitet ist. Neben einer noblen Flasche Wein

72 Ausruf: einen Dreck!

und Wasser stehen auf dem Tisch diverse Häppchen. Ehrlich gesagt hat der Pfarrer mit so viel Stil nicht gerechnet, was Beate offensichtlich von seinem Gesicht ablesen kann, denn sie sagt: „Gell, domit hosd ned grechnad!?“ „In der Tat nicht“, antwortet der Geistliche. Auf dem Weg zum Fischerhäuschen war er Beate feindlich gesinnt gewesen und hat sich eine Strategie zurechtgelegt, wie er ihr das Handwerk legt. Und nun dieser romantische Empfang!

„Etz setz di erst amol hi“, bittet Beate ihn zu Tisch. Also tut der Pfarrer, wie geheißen, und setzt sich. „Das mutet aber sehr einladend an“, sagt er anerkennend. Tatsächlich sieht nicht nur der Tisch, sondern auch Beate einladend aus. Sie hat sich für das Treffen mit dem Pfarrer zurecht gemacht: Sie trägt nicht nur Make Up, sondern auch ein Kleid mit unverschämtem Ausschnitt. Dazu einen hungrigen Blick, der den Pfarrer wiederum erschaudern lässt.

„Dann nehme ich mir mal ein Häppchen“, sagt er, um von seinem Unwohlsein abzulenken, und greift wahllos nach einem Brötchen mit Geflügelwurst und Essiggurke. „Lass da schmecka“, haucht Beate und fährt sich mit ihrer Zunge lasziv über die Oberlippe. Der Pfarrer hat sich noch nie in seinem Leben so unwohl gefühlt wie an diesem Abend. Um dieses Gefühl zu übertünchen, isst er ein Brötchen nach dem anderen, trinkt dazu mehr Wein, als er verträgt, und versucht, gute Miene zum bösen Spiel zu machen.

Als er schließlich alles, bis auf die Blutwurst, aufgegessen hat, steht Beate auf, geht zu ihm, legt ihm die Hände auf die Schulter und fängt an, ihn zu massieren. Offensichtlich weiß sie, was Männern guttut, denn nach nur kurzer Zeit fallen vom Pfarrer die Zweifel ab und er entspannt sich zusehends. Beate arbeitet sich mit kräftigen Berührungen vom Nacken über die Brust zu den Armen, die sie mit festen Auf- und Abbewegungen stimuliert. Dann nimmt sie sich die schönen großen Hände des Pfarrers vor. Sie massiert jeden einzelnen Finger, bevor sie sie in den Mund nimmt und an ihnen saugt. Sie macht das mit einer solchen Hingabe und Leidenschaft, dass der Pfarrer ein neues Bild von Beate bekommt. Er sieht in ihr nicht mehr nur die blutrünstige und hantige[73] Metzgersgattin, sondern eine Frau, die durchaus ihre Reize hat. Die Nummer mit den Fingern gefällt dem Pfarrer besonders gut. Doch bis dahin kennt er noch nicht Beates Genitalmassage. Und als sie mit ihr beginnt, ganz langsam und ganz tief, verliert er jegliche Kontrolle.

Sein Schlachtplan, Beate durch Erpressung das Handwerk zu legen, hat sich in Nichts aufgelöst. Stattdessen empfindet er nur mehr eine animalische Geilheit. „Beate, was hast du in die Häppchen getan?", fragt der Pfarrer mit einem letzten Rest Selbstkontrolle. Doch als ihm Beate ihre rechte Brustwarze an den Mund hält, ist es aus mit ihm und es rumpelt und kracht im Fischerhäuschen wie noch nie zuvor.

Als der Pfarrer erwacht, ist es 4 Uhr. „Oh mein Gott", erschrickt er. Als ihm dann auch noch die letzten Stunden in Erinnerung kommen, fühlt er sich schlechter als jemals zuvor in seinem Leben. Was hatte er nur getan? Neben ihm liegt eine schlafende Beate, die friedlich und zufrieden aussieht. „Und das, obwohl sie eine Teufelin ist", fährt es dem Pfarrer durch den Kopf. Genau, eine Teufelin, die er nie wiedersehen möchte, da sie die Versuchung in Person ist. Da er sich ihrer nicht ganz so einfach entledigen kann wie der Mariä Himmelfahrt-Susi, muss er einen anderen Weg wählen. Nun also doch Erpressung! Denn wie heißt es doch so treffend: „[…] so sollst du geben Leben für Leben, Auge für Auge, Zahn für Zahn, Hand für Hand, Fuß für Fuß, Brandmal für Brandmal, Wunde für Wunde, Strieme für Strieme."

Beate schläft so tief, dass der Pfarrer beschließt, sein Erpresserschreiben noch an Ort und Stelle zu verfassen. Und sollte Beate wach werden, könnte er immer noch sagen, dass er im Begriff war, ihr einen Liebesbrief zu schreiben. Ausgerechnet ihr, der gnadenlosen, erpresserischen Beate. Wie anders ist da Susi mit ihrem verheißungsvollen Duft nach Pflaumen. „Ganz zu schweigen von ihrem warmen,

73 garstig

weißen Busen“, verfällt der Pfarrer kurzzeitig ins Schwärmen. Auch sie wird er verlieren, wenn er Beate nicht unter Kontrolle bringt. Deshalb setzt er sich an den Tisch, entzündet eine Kerze, zückt seinen Parker-Kugelschreiber und fängt an zu schreiben:

„Beate, du liederliche Person. Du meinst, mich erpressen zu können. Aber damit ist jetzt ein für allemal Schluss. Ich bin nicht mehr bereit, dein Sex Toy zu sein. Es wäre besser, du würdest deine erotische Aufmerksamkeit deinem Mann zuteilwerden lassen. Der arme Heribert. Wenn er wüsste, dass du mit seinen Handtüchern den Urin von der Klobrille wischst ... Und dann gehst du ihm auch noch fremd. Wenn er und das Dorf das erfahren, ist es aus mit dir! Erst recht aus mit dir ist es, wenn die Öffentlichkeit erfährt, dass du Ekel-Geflügelwurst verkaufst. Was meinst du, was das für ein Hallo gäbe?! Und schließlich würde ich nicht davor scheuen, ein pikantes Detail aus deinem Sexualleben preiszugeben. Ich sag nur dritte Brustwarze.

Also Beate, überlege dir gut, was du machst. Wenn du mich anschwärzt, bin ich fertig. Aber dann ziehe ich dich mit in den Abgrund. Vergiss das nicht. A.“

Der Pfarrer liest den Brief noch einmal durch, bevor er ihn faltet und unter Beates Kopfkissen legt. Dann verlässt er still und heimlich das Fischerhäuschen. Er weiß, dass er mit der Erpressung eine kapitale Sünde begeht – nicht umsonst heißt es Beichtgeheimnis. Aber in Anbetracht des für ihn höchst bedrohlichen Umstandes muss er handeln.

32. Kapitel

Immer wieder sonntags sitzen Walli und „ihre" Afrikaner gemeinsam zu Tisch. Doch dieser Sonntag ist anders:

1. Sie sitzen nicht in der Küche von Wallis kleinem Häuschen, sondern in der frisch gestrichenen Flüchtlingsunterkunft.
2. Sie essen keinen Schweinebraten mit Knödel, sondern eine afrikanische Spezialität.
3. Ihre Unterhaltung gleicht ausnahmsweise keinem ausgelassenen babylonischen Stimmenwirrwarr.
4. Die Stimmung ist gedämpft.

Zu 1) Nachdem Walli mit Rani und Abdi Malutensilien gekauft hatte, wollte sie sich trotz des unschönen Zwischenfalls mit Gebhard Fränk nicht davon abbringen lassen, die Flüchtlingsunterkunft wohnlicher zu gestalten. Mit einem blauen Veilchen und den beiden Somaliern Rani und Abdi packten sie die Tage nach der gemeinsamen Baumarktaktion zusammen an. Zuerst entfernten sie unbrauchbare Gegenstände aus der Unterkunft, dann polierten sie das Haus auf Hochglanz. Und schließlich verpassten sie ihm Farbe. Jedes Zimmer im Haus strichen sie anders und jedes Zimmer im Haus auf besondere Art und Weise. Rani und Abdi stellten sich als geduldige Arbeiter heraus. Besonders geduldig zeigten sie sich bei der Küche. Nachdem Rani und Abdi sich nicht auf eine Farbe einigen konnten – Rani wollte Grün, Abdi Rot – strichen sie die Küche wie ein rotgrünes Zebrafell. Anfangs konnte Walli mit der Farbexplosion nichts anfangen. Doch nach und nach gewöhnte sie sich an die farbenfrohe Küche und fand Gefallen an ihr.

Zu 2) Und nun sitzt sie in eben dieser Küche und isst mit „ihren" Afrikanern Erdnuss-Kokossuppe mit Möhren und Porree, gefolgt von

Couscous-Gemüse-Pfanne mit Lammfilet. „Ihr habt sehr lecker gekocht“, lobt Walli die Afrikaner. Abdi und Rani nicken Walli freundlich zu und wiederholen: „Lecker gekocht.“ Walli ist sich nicht sicher, ob sie verstanden haben, was sie gesagt hat. Bei Taio wusste sie immer, ob er verstanden hatte oder nicht. Und wenn nicht, wurde ein Weg gefunden, damit er verstand.

Zu 3 und 4) Da waren sie wieder, die Gedanken an Taio. Keine noch so originell gestrichene und kein noch so ausgefallenes Gericht konnten sie vertreiben. Walli hatte den 19-Jährigen ins Herz geschlossen, er war für sie wie ein Sohn gewesen. Und nun war er tot. Ausgerechnet er, der Schöne und Kluge. Sein Name bedeutete „Geboren zum Glücklichsein“. Und erstaunlicherweise schien er glücklich trotz unglücklicher Lebensumstände.

Als Waise kam er mit anderen somalischen Kriegsflüchtlingen nach Deutschland und schließlich irgendwo ins bayerische Nirgendwo. Trotz schlimmster Erlebnisse gelang es ihm, seinen Blick in die Zukunft zu lenken. Er strahlte einen unglaublichen Optimismus aus und war zudem lerneifrig und geschickt. Nicht verwunderlich, dass er, als er mit seinen 19 starken Jahren beim Bauunternehmen im Nachbardorf anheuerte, genommen wurde. Wochentags radelte er frühmorgens zum Geschäft, um mit einem der vielen Transporter zu einer Baustelle zu fahren. Er half dabei, eine Schule zu bauen. Er half dabei, ein Mehrfamilienhaus zu bauen. Er half dabei, eine Turnhalle zu bauen.

Letztere Baustelle wurde ihm dann zum Verhängnis. In seiner Heimat war er ein guter Ringeturner gewesen. Das wollte er den Kollegen auf der Baustelle demonstrieren. Also ließ er in der halbfertigen Turnhalle die Ringe hinunter und begann zu turnen. Mit der Technik des Herunterlassens der Ringe kannte er sich bestens aus. Nicht jedoch Max, der Lehrjunge. Und wie Max nun so dastand neben den vielen Knöpfen, die für das Rauf und Runter der Ringe verantwortlich waren, kam er auf die Idee, Taio ein Stückchen nach oben zu ziehen. Also drückte er den Rauf-Knopf – und offenbar so fest, dass er eingedrückt blieb. Zuerst musste Max über das entsetzte Gschau[74] von Taio lachen. Doch als er merkte, dass die Situation aus dem Ruder lief, fing er an zu schreien: „Kummts amol schnell, i ho an Scheiß gbaut.“ Doch die anderen Arbeiter saßen gerade vor der Turnhalle, machten Brotzeit und drehten den Radio voll auf, sodass sie Max nicht hörten. „Runter“, rief Taio Max zu. Und Max wollte ihn ja auch wieder runterlassen. Aber der Knopf ließ sich einfach nicht lösen. In seiner Panik lief Max zum Mattenwagen, um den Sturz von Taio, der – das war inzwischen sonnenklar – folgen würde, abzufedern. Doch als er ihn endlich gefunden und in die Halle geschoben hatte, war es schon zu spät. Taio war auf den Boden gefallen und hatte sich bei dem Sturz alle Knochen gebrochen. Einen absurderen Tod konnte man sich nicht vorstellen. Aber das ganze Leben von demjenigen, der geboren worden war, um glücklich zu sein, war absurd gewesen. Mit seinem Tod setzte er der Absurdität ein grandios absurdes Ende.

„Auf Taio“, sagt Walli und erhebt ein letztes Mal das Glas auf ihren verstorbenen Schützling aus Afrika.

Eine gute Sache hatte der Tot von Taio dann doch: Er beschleunigte das Gesuch der anderen Afrikaner, in eine Flüchtlingsunterkunft in der Stadt umgesiedelt zu werden.

Und so ist das gemeinsame Essen in der zebragestreiften Küche nicht nur ein internes Traueressen um Taio, sondern auch gleichzeitig ein Abschiedsessen. „Und ich wollte euch doch noch zeigen, wie man Apfelmus einkocht“, trauert Walli und eine Träne läuft ihr über die rechte Wange. Sie hatte noch so viele Pläne mit den Afrikanern und nun würden sie in wenigen Tagen weg sein. „Wir dich besuchen“, schwören Abdi und Rani, was den Abschied für Walli ein klein wenig leichter macht.

74 Blick

33. Kapitel

Heide sitzt im XXL-Nachthemd und – wie immer – ohne Unterhose auf ihrem Bett im Altenheim und löffelt ihr Mittagssüppchen, als der Pfarrer ihr Zimmer betritt. Obwohl die Tür zu Heides Zimmer offen ist, klopft er höflich an die Tür, um sein Kommen anzukündigen. „Grüß dich, Heide“, sagt der Geistliche höflich. Auf Heides zahnlosem Mund erscheint ein Lächeln. „Griaß erna“, antwortet die alte Heide freudig. Manchmal bekommt sie Besuch von ein paar Health Angels. Aber ansonsten ist es recht still geworden um die alte Heide. Umso mehr freut sie sich über den Besuch des Pfarrers.

„Etz setzns erna her und essn mit mir a Suppn“, zitiert Heide den Geistlichen zum Klapptisch. Tatsächlich hat der Pfarrer Hunger und er ist auch nicht besonders etepetete. Aber mit Heide aus einem Teller Suppe zu löffeln, darauf hat er nun doch keinen Appetit. Deshalb sagt er: „Das ist lieb von dir, Heide. Aber ich habe gerade gegessen. Lass dir dein Süppchen schmecken.“ Die Heide lacht den Pfarrer zahnlos an, um sich dann wieder ihrem Mittagessen zu widmen. Als sie fertig und satt ist, schenkt sie dem Pfarrer ein zufriedenes Lächeln und sagt: „I woaß, worum Sie da san.“ Dem Pfarrer wird unwohl. Die Heide wird doch wohl nichts ahnen? „Se san do, um mit mir no amol die Beerdigung durchzugeh, stimmts oda ho i recht?“, sagt sie keck. „Ja, ja, die Beerdigung. Genau deshalb bin ich hier“, antwortet der Pfarrer ausweichend. Denn in Wahrheit ist er wegen etwas ganz anderem da. Er ist da wegen der Urne, die die alte Heide bei der Elies hat mitgehen lassen. Denn in der Urne, die einzige, die das Tohuwabohu in Elies Bestattungsinstitut schadlos überstanden hat, ist, wie wir wissen, der Susiklumpen. Und den möchte der Pfarrer nun endlich begraben. Dann ist das Corpus Delicti unter der Erde und in seinem Leben ein für allemal Ruhe.

Da die Heide nicht auf der Brennsuppn dahergeschwommen[75] ist, muss er das Gespräch so einfädeln, dass sie keinen Verdacht schöpft: „Also, liebe Heide, nach unserem letzten Gespräch habe ich mir ein paar Notizen zu deiner Beerdigung gemacht. Das mit der AC/DC-Coverband geht klar; ich habe gute Kontakte zu einer Band, die dir gerne das letzte Geleit geben wird. ‚Highway to Hell' am Anfang und ‚Highway to Hell' am Ende, das ist doch richtig so?", führt er aus. Die Heide grinst bis über beide Ohren. „Letzts Gleit, wia des si ohert", sagt sie mit breitem Grinsen. „Bei Gleit muaß i imma an Gleut denken, Sie wissen scho, an des Gleut", fügt sie hinzu.

Der Pfarrer lacht und sagt „Aber natürlich", obwohl er gar nichts versteht. Aber egal. Er hat einen Plan und der Weg ist das Ziel. Deshalb fährt er fort: „Die Grabrede bereite ich zu gegebener Zeit vor. Die Anekdote mit den Health Angels baue ich auf jeden Fall mit ein, die ist echt nett. Vielleicht auch noch die Geschichte mit dem roten Flitzer des Bürgermeisters. Du bist ja losgebraust wie Schmidts Katze. Gott sei Dank ist dir bei dem Unfall nichts passiert."

„Des wor doch koa Unfall", korrigiert die alte Heide. „Was war es denn dann?", fragt der Pfarrer. „Mei, beim Eiparka ho i den Vorwärts- mit dem Rückwärtsgang verwechselt und donn hots holt gschebert", antwortet sie beschwichtigend. „Ein bisschen mehr als gschebert, würde ich meinen. Denn der Wagen des Bürgermeisters hat Totalschaden", gibt der Pfarrer zu Bedenken. Auf dem Gesicht der alten Heide breitet sich ein fettes Grinsen aus. Es scheint ihr eine riesen Freude zu bereiten, dass sie das Auto des Bürgermeisters geschrottet hat. Folgende Aussage von Heide legt nahe, dass die Vermutung nicht bei den Haaren herbeigezogen ist: „Des Auto is eh nix für so an Deppn!" „Wie dem auch sei, Hauptsache du und die Urne seid heil geblieben", sagt der Pfarrer so beiläufig wie möglich. Wieder ein breites Grinsen auf Heides Gesicht. „Mir geht's guad, alle Zackn in da

75 blöd

Kron und alle Knochn heil“, sagt sie und tippt sich dabei aufs Hirnkastl[76].

„Und die Urne?“, bohrt der Geistliche nach. „De ho i gestern Nacht zur Elies zruckbrocht. Wissns, da lag scho eppad drin, so epps Schworz’. Ganz komisch. Koa Staub, sondern a Klumpn. Wej Lakritz“, erinnert sich die alte Heide. Sie überlegt einen Augenblick und fährt dann fort: „Dann ho i im Büro von da Elies an Sekundnkleba gholt und de Urn zuababbt[77], damit da Klumpn ned auße kimmt. Der hod nämlich voll gruslig ausgschaut.“

„Das hast du sehr gut gemacht“, sagt der Pfarrer ironisch. „Wie bist du eigentlich in das Bestattungsinstitut reingekommen?“, will der Geistliche noch wissen. „Mei, Herr Pforra, bei den Health Angels ho i alle wichtign Dinge fürs Lebn glernt“, antwortet die alte Heide mit einem Augenzwinkern.

Mit dem dritten fetten Grinsen an diesem Mittag fasst die alte Heide unter das Bett und holt einen Koffer hervor. Als sie ihn öffnet, vergehen dem Pfarrer Hören und Sehen. In dem Koffer sind nicht nur Dutzende Packen Geldscheine, sondern auch Waffen und Einbruchswerkzeug jedweder Couleur. „Ach Heide“, sagt der Pfarrer, „bei dir ist Hopfen und Malz verloren.“ „Hopfn und Molz, Gott erholts“, antwortet die Heide und bricht in schallendes Gelächter aus.

76 Gehirn

77 zugeklebt

34. Kapitel

Nachdem die alte Heide dem Pfarrer erzählt hat, dass sie die Urne mit dem Klumpen zur Elies zurückgebracht hat, radelt er wie der Wind zur Elies. Er, der in seinem fliegenden Gewand aussieht wie Batman, will sich doch noch in Ruhe von seiner Mariä Himmelfahrt-Susi verabschieden.

Aber das kann er sich abschminken. Denn die Urne ist nicht mehr da. „Verkaft“, teilt ihm Elies mit. Das ist glatt gelogen. Denn die Elies hat die nutzlose, da zugeklebte Urne, in der sich der Susiklumpen befindet, als Taio-Urne deklariert. Das heißt, sie hat Geld für die Urne kassiert, obwohl sie Taios Asche nicht in die Urne getan, sondern im Regen verstreut hat. Nicht die feine Art, aber

1. die Elies plagen Geldsorgen.
2. ganz nach dem Geschmack des freiheitsliebenden Taio, der sich in einer Urne eingeengt gefühlt hätte.

Der Pfarrer ist verzweifelt. Vom Anfang bis zum Schluss war in seiner Beziehung mit der Gummisusi der Wurm drin. Zuerst hat sie ihn ein ums andere Mal verführt, das liederliche Weibsstück, dann wollte sie nicht sterben, als es Zeit für sie war, dann ist sie endlich gestorben, allerdings zu einem ungünstigen Zeitpunkt, da unliebsame Zaungäste zugegen waren, schließlich war sie im wahrsten Sinne des Wortes wieder von den Toten auferstanden beziehungsweise aufgetaucht und hat bei ihrer quasi-Einäscherung auch noch die Umwelt verpestet. Und nun war sie auf Nimmerwiedersehen verschwunden. „Nichts als Scherereien“, resümiert der Geistliche verärgert. Da ist ihm die Bäckersusi schon lieber. „Sie ist wie ein klebrig süßes Blätterteigteilchen, das einem im Mund zergeht“, verfällt der Pfarrer ins Schwärmen.

Just in dem Moment, als er das denkt, vibriert es in seiner Hose. Es ist nicht seine Erregung, Gott bewahre, sondern sein Smartphone mit der Bäckersusi in der Leitung. „Du, i ho ma heint frei gnumma. Mogst ned zu mir kumma?“, fragt ihn die Bäckersusi verführerisch. Das lässt sich der Pfarrer nicht zweimal fragen. „Und ob ich will“, gibt er beherzt zur Antwort.

Und wieder braust der Geistliche mit seinem Rad dahin, diesmal von Ost nach West. Auf seiner rasanten Fahrt durchs Dorf beschließt er, die Himmelfahrt-Susi aus seinem Gedächtnis zu streichen – da er ja ohnehin nichts mehr für sie tun kann (oder umgekehrt) – und sich fortan voll und ganz der wahren Susi, also der Bäckersusi zu widmen.

Als diese ihm im schwarzen Negligee, das ihren üppigen, weißen Busen voll zur Geltung bringt, die Tür öffnet, bekommt der Pfarrer sofort eine Erektion. „Susi, du siehst betörend aus!“, murmelt er bei ihrem Anblick. „Ned wohr?!“, antwortet sie ihm keck, packt seinen Umhang und führt ihn zu ihrem Bett – ohne ihn dabei aus den Augen zu lassen.

Als die Bäckersusi nur wenige Minuten später auf ihm sitzt und der Geistliche kurz vor seinem Höhepunkt ist, beschließt er, das Priesterdasein an den Nagel zu hängen. Von jetzt auf gleich. Von seinen Schäflein im Dorf hat er ohnehin die Schnauze gestrichen voll.

35. Kapitel

Immer wieder kramt Beate das Erpresserschreiben des Pfarrers aus ihrer Hosentasche und liest die paar Zeilen, mit denen er sich aus dem Staub gemacht hat. Sie hätte im Traum nicht daran gedacht, dass der Geistliche sie seinerseits erpressen würde. „Er is a mordenda, lüsterna, erpresserischa Pfaff“, wütet Beate vor sich hin. Doch ihr wütendes Resümee kann ihre permanente Lust, die sie seit dem Zusammenspiel mit dem Pfarrer verspürt, nicht lindern. Sie befindet sich im erregten Dauerzustand. Und wenn sie nicht bald rangenommen wird, dann platzt sie.

Den ersten Ansturm auf die Metzgerei hat Beate mit Mühe und Not bewältigt. Mit aufgestellten Brustwarzen hat sie ihre Kunden, mehrheitlich Arbeiter auf dem Weg zur Baustelle und Hausfrauen auf dem Weg in die Küche, bedient. Auf zweitere und ihren Tratsch kann Beate verzichten. Sie hat so überhaupt keine Lust auf Small Talk, der sich in der Regel um die Kinder und um die Männer der Frauen dreht. Deshalb überlässt Beate ihrem Lehrmädchen Magdalena die Theke. „Du schaffst des scho“, adressiert sie an die verunsichert dreinblickende Magdalena und verabschiedet sich in die Wursterei.

Heribert ist gerade dabei, Wurstfüllung in Wursthaut zu füllen. Beate liebt diesen Anblick, sie findet ihn sogar erotisierend.

„Servus Beate, host d’ Magdalena aloa glassn?“, fragt Heribert erstaunt. „Ja, ho i“, antwortet sie kurz angebunden.

„Glaubst du, dass de den Lodn scho aloa schmeißn ko?“

„D’ Magdalena is doch koa Baby mehr“, beschwichtigt Beate und geht einen Schritt auf Heribert zu. Instinktiv weicht Heribert einen Schritt zurück, da er nur allzu gut weiß, wie impulsiv Beate sein kann. „Ho i ebs ausgfressn?“, fragt Heribert unsicher. „Ah geh weida, du host doch nix ausgfressn“, raunt ihm Beate ins Ohr.

Heribert weiß beim besten Willen nicht, was in Beate gefahren ist. Als sie ihm dann auch noch in den Schritt fasst, und zwar stärker, als beabsichtigt, schreit er: „Aua, bist narrisch gworn?!“ Normalerweise würde Beate spätestens jetzt aggressiv werden. Aber sie hat beschlossen, eine andere zu werden. Und deshalb flötet sie: „Ja, narrisch nach dir!“

Begehrenswert wie eine Burlesque-Tänzerin zieht sie sich zuerst ihre Schürze, dann die restliche Kleidung aus, geht Po-wackelnd zur Arbeitstheke, setzt sich auf den kalten Untergrund, der sie kurzzeitig zusammenzucken lässt, und legt sich dann so hin, dass Heribert nur mehr seine Hose runterziehen und in sie eindringen muss. Der Einladung kommt der Metzgermeister mit seinen verwursteten Fingern gerne nach. Irritiert zwar, aber er kommt – und zwar gewaltig.

36. Kapitel

Die alte Heide liegt im Bett und kann kein Auge zu tun. Sie meint, ein vertrautes Geräusch zu hören. Es erinnert sie an damals, als sie noch eine Health Angels-Braut war. Sie klettert aus dem Bett und geht zum Fenster. Und da sieht sie sie: eine silbern-blau schimmernde Harley Davidson, auf der ihr jahrzehntelanger Weggefährte Toni sitzt. „Toni, kumm zu mir“, ruft sie dem alten Rocker freudig zu. Aber Toni schüttelt lächelnd den Kopf.

„Wenn du ned zu mir kummst, dann kumm i eben zu dir“, beschließt sie und macht sich daran, ihre letzten Angelegenheiten zu regeln. So schnell, wie es ihr Alter zulässt, huscht sie ins Bad und macht sich ausgehfein, denn bei ihrer letzten Ausfahrt möchte sie adrett aussehen. Kunstvoll trägt sie Make Up, Lippenstift und Lidschatten auf. Danach zieht sie sich die Kleidung von Elies' Mutter, die sie von ihrer letzten Fluchtaktion noch hat, über. „Fesch schaug i as“, sagt sie bewunderd zu sich selbst.

Bevor die alte Heide ihr Zimmer verlässt, holt sie noch ihren Werkzeugkoffer unterm Bett hervor, um für alle Eventualitäten gerüstet zu sein. Dann verabschiedet sie sich im Stillen von den 16 Quadratmetern, die in den letzten Jahren ihr Zuhause waren, schließt leise die Tür hinter sich und verlässt das Altenheim über einen monatelang ausgetüftelten Fluchtweg.

Als Toni die alte Heide sieht, lächelt er sie liebevoll an und fährt im Schritttempo los. Und die alte, klapperdürre Health Angels-Braut folgt ihm in ihren Stöckelschuhen und dem schweren Werkzeugkoffer in der rechten Hand staksend hinterher.

Der Heide ist nicht ganz klar, wohin Toni fährt. Aber während der 30 Jahre wilder Ehe, die sie mit ihm geführt hat, war auf ihn immer Verlass gewesen. Also folgt sie ihm auch dieses letzte Mal.

Vor dem Haus der Elies kommt die Harley Davidson zum Stehen und Toni steigt ab. Auch er schimmert silbern-blau, was ihn unheimlich gut aussehen lässt. Er nimmt die alte Heide bei der Hand und führt sie über die Terrassentür ins Zimmer der alten Kramerin, Elies' Mutter. „Für wos ho i eigentlich 's Werkzeig mitgnumma?", fragt die alte Heide ihren Toni. „Für den Fall, dass d' Himmelspfortn zua is", erwidert Toni, als ob das die logischste Sache der Welt wäre. „Aha, du bist mol wieda an Schritt weida als i", sagt die alte Heide und blickt bewundernd zu dem Zwei-Meter-Mann auf.

Als sie vor dem Bett der alten Kramerin stehen, umarmt Toni die alte Heide und sagt: „So, etz leg di hi und schlof ei. I wart af eich zwoa."

Die alte Heide tut, wie ihr geheißen, und legt sich zu der alten Kramerin ins Bett. Bei dem Gedanken, das Diesseits verlassen zu müssen, war ihr in der Vergangenheit immer mulmig zumute gewesen. Nun, neben der alten Kramerin und im Beisein von Toni fällt jegliches Unbehagen von ihr ab. Es fühlt sich friedlich an, das, was kommen wird. Wie nach Hause kommen.

Toni gibt der alten Heide im Diesseits einen letzten Kuss und verabschiedet sich dann mit einem: „Bis späta." Dann ist er weg.

Die alte Heide macht es sich neben der alten Kramerin gemütlich. Sie nimmt die Hand der alten Frau und beginnt, ihr ihre Lebensgeschichte zu erzählen. Vom Anfang bis zum Ende. Als sie nach gut drei Stunden alle wichtigen Kapitel ihres Lebens hat Revue passieren lassen, überfällt sie eine wohlige Müdigkeit. Die alte Heide sagt der alten Kramerin noch „Guad Nacht" und schläft dann ein! Und mit ihr die alte Kramerin. Einen friedlicheren Tot zu zweit kann man sich nicht wünschen.

Als Elies am nächsten Morgen die Tür zum Schlafzimmer ihrer Mutter öffnet, entfährt ihr ein Schreckensschrei. Sie kann nicht glauben, was sie da sieht. Die alte Kramerin und die Heide liegen händchenhaltend und glückselig schlummernd beisammen.

Als sie sich von ihrem ersten Schock erholt hat, schaltet sie um in Normalmodus und fängt an zu schimpfen wie ein Rohrspatz: „Des gibt's ja ned, wej isn de olte Heidn hierherkumma?"

Alles, was recht ist. Aber der nächtliche Einstieg geht der Elies dann doch zu weit. Sie würde die beiden alten Damen wecken, ihnen beziehungsweise der Heide die Leviten lesen, dann das Altenheim anrufen und den dortigen Verantwortlichen ordentlich den Kopf waschen. Es kann doch nicht angehen, dass die alte Heide ausbüchst und ihr Nachtquartier einfach bei der Elies aufschlägt!

In dem Zimmer, in dem die zwei alten Frauen friedlich schlummern, müffelt es. Deshalb zieht Elies den Vorhang zur Seite, um zu lüften. Als nun die ersten Sonnenstrahlen ins Zimmer dringen und sich auf den Gesichtern der zwei alten Frauen niederlassen, da erst bemerkt Elies, dass ihre Mutter und die alte Heide tot sind. Friedlich entschlafen.

Auch wenn Elies in den letzten Monaten oft über den Tod ihrer Mutter sinniert und ihn manchmal sogar herbeigesehnt hat, überfällt sie tiefe Trauer und sie beginnt zu weinen. Sie trauert auch um die alte Heide, die zwar zusammen mit dem Pfarrer ein riesen Chaos in ihrem Bestattungsinstitut verursacht hat, aber auf ihre eigene Art und Weise ein liebenswertes Unikat war, das der Gemeinde nun fehlen wird.

Um die Mittagszeit herum unterbricht Elies ihre Trauerarbeit und geht in die Küche, um ein paar Telefonate zu führen. Sie muss alle ihr nahestehenden Personen über den Tod der alten Kramerin in Kenntnis setzen und auch das Altenheim über den Verbleib und Tod der alten Heide informieren. Sie ruft auch noch einen ihrer Angestellten an und bittet ihn, die zwei verstorbenen alten Damen abzuholen. Die Telefonate dauern summa summarum zwei traurige und kraftzehrende Stunden.

Danach macht sich Elies, erschöft von den vormittäglichen Ereignissen, ein schnelles Mittagessen, geht hinüber zu ihrem Geschäft, hängt ein Schild mit der Aufschrift „Heute geschlossen" an die Tür, geht wieder zurück ins Haus und fängt an, das Zimmer, in dem ihre Mutter ihre letzten Jahre und die alte Heide ihre letzten Stunden verbracht hat, aufzuräumen.

Zuerst startet sie mit dem Bett und allem, was sich darunter versteckt hält: verstaubte Schuhe, alte Kartons mit Fotos, leere Flaschen – und ein alter Werkzeugkoffer. „O mei, Muada, wos wolltsn mit dem Werkzeigkastn?“, adressiert Elies an ihre verstorbene Mutter. Ihr Leben lang hatte die alte Kramerin zwei linke Hände gehabt. Was konnte sie nur mit dem alten Kasten gewollt haben, der ihr bis dato nicht aufgefallen war? Ihre Neugier lässt Elies keine Ruhe. Sie will wissen, was es mit dem alten verstaubten Koffer auf sich hat. Deshalb lässt sie alles liegen und stehen und macht sich an dem alten Koffer zu schaffen.

Dummerweise ist er mit einem alten Zahlenschloss versehen. „So a Bech oba a!“, murmelt Elies vor sich hin, während sie es mit einer dreistelligen Kombination nach der anderen versucht. „Nur mehr a letzta Versuach“, grummelt Elies inzwischen deutlich genervt und dreht die Zahlenkombination 6 – 6 – 6. Und siehe da, der Werkzeugkoffer springt auf wie ein wundersames Sesam-öffne-dich.

„Oh mein Gott!“, ruft Elies aufgebracht. Sie kann nicht fassen, was sie sieht: Neben ein paar Einbruchwerkzeugen ist der alte Koffer randvoll gefüllt mit Geldscheinen!

Trotz ihrer Trauer kann Elies ein Freudentänzchen nicht unterdrücken. Von jetzt auf gleich ist sie all ihre Sorgen los. Ihre Mutter, die sie jahrelang gepflegt hat, und ihre Geldsorgen. „I bi endlich frei!“, jubelt sie.

Als die erste Euphorie abgeklungen ist, überkommt sie ein schlechtes Gewissen. „Mama, des moin i ned so“, sagt sie an ihre tote Mutter gewandt und ergänzt beschwichtigend: „Oba du woaßt, dass i de letztn Johr nur goabat ho. Und etz konn i doa und lassn, wos i wüll. Und a Geld ho i plötzlich a no.“

Elies schnappt sich umgehend ihr Telefon und wählt Manfreds Nummer. „Griaß di Mane, mei Mum is gstorm“, platzt es ohne Vorwarnung aus ihr heraus. „Des duard ma oba leid“, antwortet der Bürgermeister. „Magst ned afn Sprung vorbeikimma und mi tröstn?“, fragt sie ihn. „Fralle kimm i vorbei, im Tröstn bin i guad“, sagt Manfred und kann sich einen lüsternen Unterton nicht verkneifen. Das also war das Kondolenzgespräch: kurz, sachlich, zielorientiert.

(Anmerkung von Franzi Wolf: Der Bürgermeister ist und bleibt ein Hund. Er versteht es blendend, jede Situation zu seinem Vorteil zu nutzen. So jemanden braucht man an der Spitze eines Dorfes.)

Zehn Minuten später steht der Bürgermeister vor Elies' Tür. Ihre verweinten Augen hat Elies übermalt, ebenso ihre Falten. „Kumm eina“, bittet sie das Dorfoberhaupt ins Haus und führt ihn auf direktem Weg ins Schlafzimmer. Sie muss sich abreagieren, nach all dem Stress der letzten Stunden. Das ist natürlich ganz nach dem Geschmack des Bürgermeisters. Als Elies dann auch noch den Koffer mit dem vielen Geld unterm Bett der alten Kramerin hervorholt, ist Manfreds Glück perfekt. Woher das Geld stammt, ist völlig unklar. Es kommt ihnen auch nicht in den Sinn, dass es Schwarzgeld sein könnte, das die alte Heide über Jahrzehnte heimlich aufbewahrt hat. Aber was macht das schon. Geld ist Geld und Geld können die beiden gut gebrauchen.

Spätestens jetzt steht fest, dass Elies und Manfred zusammenbleiben werden. „Mir müassn uns nur a weng Zeit lassn“, sagt der Bürgermeister diplomatisch. „Mit wos?“, fragt Elies. „Na den Leit müassma a weng Zeit lassn. Zerst muaß i d' Anna beerdign, dann trauer i a boar Wochn und danach präsentier i di als mei Neije.“ „Des is a guada Plan“, sagt Elies glückselig. Wie sich doch alles zur Zufriedenheit aller fügt.

37. Kapitel

Eine Beerdigung, ein Pfarrer, eine Dorfgemeinde, ein Sauwetter irgendwo im bayerischen Nirgendwo. Beerdigt wird Xaver, der Depp des Dorfes. In der ersten Reihe der Trauergäste steht Susi und schnäuzt ihre bepuderte Nase in ein geblümtes Stofftaschentuch. „Der orme Xare“, klagt sie, obwohl sie den armen Xaver so gut wie nicht kannte. Xaver hatte nämlich nur wenige Monate im Dorf gelebt und hieß eigentlich Taio (Geboren zum Glücklichsein). Sie, die Dorfbäckereifachverkäuferin und nah am Wasser gebaut, fragt sich plötzlich, warum sie überhaupt zur Beerdigung gekommen war, noch dazu bei diesem Sauwetter. Doch dann, als ob sie ein Weihnachtsbaum wäre, an dem die Lichter angehen, schaut sie zum Pfarrer und ihre Augen beginnen zu funkeln. Völlig unpassend, noch dazu bei einer Beerdigung. Aber *er* ist der Grund, warum Susi seit Wochen strahlt wie ein Honigkuchenpferd.

Schnell kramt Susi ihr Smartphone aus der Handtasche, schießt, so unauffällig wie möglich, ein Selfie und schaut sich das Bild an. „Naja“, denkt sie, „i ho scho bessa ausgschaut“. Aber in Anbetracht des Umstandes, nämlich dass sie auf einer verregneten Beerdigung ist, drückt sie ein Auge zu. Man stelle sich vor, sie sähe blendend aus an diesem traurigen und trostlosen Nachmittag – was würde Anton, der Pfarrer von ihr denken?! Also setzt sie eine trauernde Miene auf, das kann sie gut, und nimmt jedes Wort, das der Geistliche von sich gibt, in sich auf: „Heute nehmen wir Abschied von unserem Bruder Xaver. Auch wenn Taio bei uns nur als Dorfdepp Xaver galt, ich nehme an, weil er unsere Sprache nicht sprach und somit hie und da etwas langsam von Begriff war, was wiederum so interpretiert wurde, dass er nicht der Gescheiteste im Dorf ist, so hatte er bei uns doch ein Zuhause … Nun hat ihn unser Herrgott heimgeholt … Möge Xaver für immer in unseren Herzen bleiben …“

Rechts neben der Bäckersusi steht Elies, die mit ihrem taugenichtsigen Bruder das dorfeigene Bestattungsinstitut führt und somit von Berufs wegen auf jeder Beerdigung tanzt. Als sich die Bäckersusi in ihr geblümtes Stofftaschentuch schnäuzt, datscht ihr die Elies mit dem linken Fuß auf ihren sauber geputzten rechten Ausgehschuh. „Au", entfährt es Susi einen Tick zu laut. „Ja was Au!?", antwortet die Elies pampig, „Mir san hier af a Beerdigung und du schneizt di wira Elefant, des geht feint ned."

Aber wie schon gesagt, schwebt Susi (in Gedanken mit dem Pfarrer) auf Wolke sieben und kramt den barschen Vorfall mit der Elies in ihren schmucken Hinterkopf. Sie trägt ihre goldene Lockenpracht zu einem Dutt, den goldene Spangen zusammenhalten. Allgemein sieht die Susi, die immer eher unscheinbar war, seit Wochen ausgesprochen gut aus. Sie blüht geradezu auf.

Das ist auch dem Bürgermeister nicht entgangen. Er steht links neben der Susi und legt ihr seinen rechten Arm tröstend um die Schultern. Als Dorfoberhaupt darf er das machen, die Bäckersusi und die anderen sind doch seine Schäflein. So steht die Bäckersusi neben der barschen Elies, die eigentlich gar nicht barsch ist, und dem fürsorglichen Bürgermeister, der eigentlich gar nicht fürsorglich ist, in der ersten Reihe der Trauergäste und hängt an den Lippen des Pfarrers, als ob ihr Leben davon abhinge.

Und vorne steht der Pfarrer, der seit Wochen nicht in Form ist. Ständig verredet er sich, ständig errötet er bei der Zahl sechs, ständig ist er in Eile, wenn man ihm im Dorf begegnet und mit ihm ratschen will. So, als ob er etwas zu verheimlichen hätte.

Zwei weitere, die an dieser Stelle nicht unerwähnt bleiben sollen, sind Lukas, wie der Verfasser des Lukasevangeliums und der Apostelgeschichte im Neuen Testament und Sohn des Bürgermeisters, und der fesche Polizeihauptkommissar namens Hubsi.

Doch nun zurück zu unserer verregneten Beerdigung irgendwo im bayerischen Nirgendwo. Als der Pfarrer seine, wenn auch nicht fehlerfrei vorgetragene, dafür mit umso mehr Bedacht vorbereitete

Grabrede beendet hat, gibt er den Ministranten Josef I und Josef II das Zeichen, ihm die Urne mit den Überresten des Dorfdepps Xaver zu überreichen.

Josef I und Josef II, beide recht beflissen, beide recht behäbig, schreiten so anmutig, wie es der vom Regen aufgeweichte Weg erlaubt, zum Pfarrer. In ihren Händen halten sie, die aussehen wie Dick und Doof, die Urne mit den Überresten des verstorbenen Dorfdepps Xaver. Sie verkörpern eine Gottesehrfurcht, wie man sie nur mehr selten erlebt. Im langsam getakteten Gleichschritt links, rechts, links, rechts schreiten sie zu dem gähnenden Loch in der Erde, in das die Urne hinabgelassen werden soll. Der Pfarrer wartet bereits mit ausgebreiteten Armen, um Xaver seinen letzten Segen zu erteilen. Doch dann, urplötzlich, rutscht Josef II aus, ruft lautstark „Scheiße" und fällt mit vor Entsetzen geweiteten Augen wie ein nasser Sack und mit dem Gesicht voran zu Boden. Sein Reflex ist einzig und allein auf die Urne gerichtet, die er geistesgegenwärtig Josef I zuwirft. Doch dem ist das alles viel zu spontan, so sehr ist er mit seiner Ehrfurcht beschäftigt – mit der Folge, dass die Urne zu Boden fällt und zerbricht.

Der trauernden Dorfgemeinschaft, vor deren Augen sich das Drama quasi in Zeitlupe abgespielt hat, entfährt ein kollektives „Aaaahhh" und zwei Sekunden später ein kollektives: „Ui, was is denn des?"

„Ui, was is denn des? Des is a Plastikglumpn, ihr Deppn! Oaner bleder als der andere", ruft die alte Anni, die aus Ermangelung sinnvoller Hobbies keine Beerdigung auslässt, aus der Menge. Der Polizeihauptkommissar, der den Ernst der Lage schnell erkennt, geht zu der alten Dame, fasst sie fürsorglich am Arm und geleitet sie unter den strengen Blicken der Dorfgemeinschaft zum Friedhofsausgang.

Was für ein glücklicher Zufall, dass just in diesem Moment ein verdunkeltes Auto vor dem Friedhof vorfährt. Der PHK, also der Polizeihauptkommissar, steuert mit der inzwischen bis auf die Knochen nassen alten Anni, die der in ihren Augen dämlichen Dorfgemeinde noch einen verächtlichen Mittelfinger gezeigt hat, wie selbstverständlich auf den Wagen zu, bugsiert sie auf die Rückbank und steigt vorne ein. Kaum, dass der PHK und die alte Anni im Auto sitzen, rast der BMW, ein schneidiger X6, mit quietschenden Reifen davon, sodass die Beerdigung fortgesetzt werden kann.

„Des is etz oba guad ausganga“, flüstert die Bäckersusi dem Bürgermeister zu. Der jedoch reagiert nicht. Stattdessen schaut er entsetzt zu der zerbrochenen Urne beziehungsweise auf das, was die Urne zum Vorschein gebracht hat: nämlich einen Plastikklumpen. „I hos vo Anfang o gwisst, dass de anders san als mia“, raunt er der Bäckersusi zu. Die anderen, das sind die Flüchtlinge, die seit ein paar Monaten im Dorf leben – in einem alten, bruchfälligen und maroden Haus, das dem Bauunternehmer Gebhard Frank, ausgesprochen Gebhard Fränk mit langem Ä, gehört. Eigentlich eine Schande, dass er für die Unterbringung der Flüchtlinge aus Afrika in einem alten, bruchfälligen und maroden Haus Geld bekommt. Aber irgendwo im bayerischen Nirgendwo gilt er als Wohltäter. Als schlauer Wohltäter wohlgemerkt. Und so schreit der Gebhard Fränk ganz schlau: „Do is wos faul an der Gschicht!“ Genau, voll faul. Aber nur was?

Mit aufrechtem Gang, Schultern nach hinten, Brust raus, schreitet der Gebhard Fränk zu dem Plastikklumpen, hebt ihn auf und in die Höhe und sagt: „Des, ihr bravn Leit, san koane Knochn, des derfz ma glaubn.“ Der Pfarrer, der inzwischen aus seiner Schockstarre erwacht ist, geht hinüber zum Gebhard Fränk und will ihm den Klumpen aus der Hand nehmen. Aber Fränk denkt gar nicht daran, ihm den Klumpen zu überlassen. Mit dem sicheren Instinkt eines Bluthundes hat er die Fährte eines Verbrechens aufgenommen, diesen Geniestreich möchte er für sich verbuchen. Der Pfarrer wiederum denkt gar nicht daran, die Beerdigung zu unterbrechen. Er will den Dorfdepp Xaver endlich beerdigen, so schnell wie möglich. Und basta. Jetzt haben wir einen waschechten Konflikt. Der eine will, der andere denkt gar nicht daran.

Die Bäckersusi, die die Ausweglosigkeit des Geschehens erkennt, fasst sich ein Herz und bahnt sich mit ihren verdreckten schwarzen Ausgehschuhen und goldenem Dutt einen Weg durch den matschigen Schlamm. „Etz herts oba mol af, des is ja a Schand, was es da dreibts“, schimpft sie. Der Pfarrer kann der Bäckersusi nicht in die Augen schauen. Aber man kann, sofern man es kann, beobachten, wie er anfängt, die Situation zu reflektieren. Ganz anders Gebhard Fränk. Gebhard Fränk hat immer Recht, das ist ein Naturgesetz. Und deshalb sagt er: „Zupf di Susi, sonst foit da Watschnbam um.“ Das wiederum passt dem Bürgermeister nicht. Er will doch als Held der Gemeinde dastehen. Und dazu gehört nun mal auch, sich um seine Schäflein zu kümmern.

Deshalb stiefelt nun auch der Bürgermeister zu den Streithähnen, packt den Gebhard Fränk am Schlawittl und sagt: „Etz is oba Schluss mit lustig. Schmeiß den Glumpn ins Grob und a Ruah is.“ Das schmeckt dem Gebhard Fränk natürlich gar nicht. Seit Jahren macht er die besten Geschäfte mit dem Bürgermeister beziehungsweise dank dem Bürgermeister. Und nun fällt ihm dieser in den Rücken. Das geht ihm zu weit. Zuerst die dumme Bäckersusi, dann sein bester Spezl. In seiner Wut packt er den Bürgermeister mit seiner rechten Hand am Schlawittl seines nassen Hemdes und schaut ihm zornig ins Gesicht. Normalerweise reicht das aus, um andere zur Vernunft zu bringen. Doch was ist an diesem Tag schon normal? Gar nichts. Und deshalb packt Susi ihrerseits den Gebhard Fränk am Schlawittl und blickt ihm zornig ins Gesicht.

In der Zwischenzeit ist bei der Gruppe Flüchtlinge Unruhe ausgebrochen. Sie sind mit der Art und Weise, wie Menschen irgendwo im bayerischen Nirgendwo beerdigt werden, nicht vertraut. Aber dass bei der ganzen Sache etwas nicht stimmt, ist ihnen natürlich klar. Und als der Gebhard Fränk nun seinerseits die Bäckersusi packt, reicht es den sieben Afrikanern. Wie auf Kommando stürmen sie nach vorne und versuchen, dem Gebhard Fränk den Plastikklumpen und die Bäckersusi aus den Händen zu reißen. Als das nicht gelingt, fällt der erste Faustschlag. Er verfehlt sein Ziel. Statt einem der Afrikaner eins auf die Mütze zu geben, langt der Gebhard Fränk der Bäckersusi dermaßen eine, dass ihr ganz schwindlig wird. Jetzt reicht es dem Bürgermeister endgültig. Freundschaft hin oder her. Aber eines seiner Schäflein zu schlagen, das geht ihm zu weit. Er holt aus und will dem Gebhard Fränk so richtig eine betonieren. Erwischt aber den Pfarrer, der sich inzwischen auch eingemischt hat. Und so geht das weiter. Ein Faustschlag nach dem anderen wird verteilt und statt einer Beerdigung gibt es eine riesen Rauferei, wie sie das Dorf noch nicht erlebt hat.

Gott sei Dank ist da auch noch Waltraud, der das Spielchen zu bunt wird. Schlimm genug, dass sie ihren Taio verloren hat. Dass nun nach Taios verpatztem Leben nun auch noch seine Beerdigung ins Wasser fallen soll, kann sie nicht dulden. Deshalb ruft sie, die immer zurückhaltend war, mit aller Kraft ihrer Lungen: „Jetzt reißt euch mal zusammen, ihr Sauhaufen von einer verrotteten Dorfgemeinde!"

Man mag es nicht glauben. Aber ihr Ausbruch zeigt Wirkung. Die Streithammeln[78] lösen sich voneinander und der Pfarrer kann das, was als schwarzer Plastikklumpen identifiziert wurde, an sich nehmen und der regennassen Erde übergeben. Sogleich gibt er dann den Ministranten Josef I und Josef II ein Zeichen, damit sie die Schaufeln in die Hand nehmen und den unglückseligen Klumpen mitsamt seiner unheilvollen Geschichte begraben.

Als das Werk endlich vollbracht ist, setzt der Pfarrer zum Schlussakkord der Beisetzung an: „Wie es der traurige Zufall will, wird sich die Dorfgemeinschaft in den nächsten Tagen von ein paar Menschen mehr verabschieden müssen: von Anna, der verstorbenen Frau des

78 streitsüchtige Männer

Bürgermeisters, von der alten Kramerin, Elies' Mutter, von der alten Heide, die immer wieder gut für Überraschungen war, und zu guter Letzt von mir, der sich heillos verliebt hat und fortan ein Leben an der Seite meiner zuckersüßen Auserwählten führen wird …"

Ein skurrileres Ende hätte es für diesen kleinen Auszug aus dem dörfischen Leben irgendwo im bayerischen Nirgendwo wahrlich nicht geben können. APPLAUS, APPLAUS!

Epilog

Als ein kleiner, aber feiner Trauerzug den baumgesäumten Friedhof irgendwo im bayerischen Nirgendwo erreicht, gibt der Kapellmeister, der gleichzeitig Feuerwehrkommandant ist, das Zeichen. Und eins, und zwei, und drei:

„Living easy, living free | Season ticket on a one-way ride | Asking nothing, leave me be | Taking everything in my stride | Don't need reason, don't need rhyme | Ain't nothing I would rather do | Going down, party time | My friends are gonna be there too | I'm on the highway to hell | On the highway to hell | highway to hell | I'm on the highway to hell …"

Dass es sich um die Beerdigung der alten Heide, der alten Heide Kunzmann handelt, versteht sich von selbst. Wie von Heide gewünscht, hat der Pfarrer der Gemeinde, wohlgemerkt der neue, alle Hebel in Bewegung gesetzt, um der alten Frau ihre letzten Wünsche zu erfüllen. Problemlos konnte er die ortseigenen Blasmusiker für die AC/DC-Grabmusik gewinnen. Ebenso erklärten sich Josef I und Josef II, die erfahrendsten Ministranten, sofort bereit, die alte Heide zu Grabe zu tragen. Schließlich war da noch Trudi, die ihn bei seiner Grabrede unterstützte.

Trudi ist wahrlich keine Tratschn[79], aber sie weiß bestens Bescheid, was im Dorf vor sich geht. Zumindest meint sie das. Und aus Ermangelung von lebenden Verwandten, die von der alten Heide hätten berichten können, erwies sich Trudis Wissen als Goldtruhe der Erinnerungen. Weil es seine erste Grabrede war, die Martin als neuer Geistlicher der Gemeinde irgendwo im bayerischen Nirgendwo halten

79 eine Person, die sich gerne über die Angelegenheiten abwesender Personen unterhält

würde, legte er sich besonders ins Zeug und schrieb die Rede seines Lebens. Er reihte ein gut überlegtes Wort an das andere. Und als er sie Trudi vortrug, hatte die Pfarrhaushälterin Tränen in den Augen.

Und so steht er nun da, der Martin, vor einer trauernden Dorfgemeinde. In der ersten Reihe glänzt Susi, die Ex-Dorfbäckereifachverkäuferin, die extra zur Beerdigung der alten Heide gekommen war, und schnäuzt sich ihre bepuderte Nase in ein geblümtes Stofftaschentuch. „De orme olte Heidn", trauert sie, obwohl sie mit der alten Heide so gut wie nichts zu tun hatte. Rechts neben ihr steht Elies, die sich um das gesamte Bestattungsprocedere inklusive Einäscherung gekümmert hat, und links neben der Susi der Bürgermeister, der in der folgenden Woche seine Frau Anna zu Grabe tragen und dann ein paar Wochen trauern wird, um schließlich Elies als neue Frau an seiner Seite zu präsentieren.

Leicht versetzt hinter dem Trio steht Walli, die sich im Dorf rar gemacht hat. Sie trauert immer noch über den Weggang „ihrer" somalischen Flüchtlinge in die Stadt. Beim genaueren Betrachten der letzten Wochen gibt es auch für sie nichts mehr, was sie im Dorf hält, und sie spürt instinktiv, dass es auch für sie an der Zeit ist zu gehen.

Schließlich ist da noch Beate, die zum ersten Mal an der Seite ihres Mannes zu einer Beerdigung gekommen ist. Untergehakt und ihren Kopf an seine Schulter gelehnt, steht sie in der dritten Reihe der Trauergäste und weint still und leise vor sich hin. Ausgerechnet Beate!

Zu erwähnen ist auch noch Gebhard Fränk mit langem Ä, der einsam und verlassen in der vierten Reihe der Trauergäste steht, nämlich neben der Health Angels-Formation. Seit 24 Stunden ist seine Frau abgängig und kein Mensch weiß, wo sie ist. Nicht einmal der Polizeihauptkommissar kann ihm helfen, weil er seit Anfang der Woche in Sonderurlaub ist. „De werd scho wieda kumma", versucht ihn der Bürgermeister zu trösten. Doch wie man weiß, gibt es auch Vermisste, die nicht mehr wiederkommen. Die entweder verschwunden bleiben oder tot aufgefunden werden oder eine neue Identität annehmen.

Dann beginnt der Pfarrer mit seiner Grabrede: „Liebe Dorfgemeinde, wir nehmen heute Abschied von der alten Heide, die vor ein paar Tagen friedlich eingeschlafen ist." Es folgt ein kunstvoller Abriss vom aufregenden Leben der Heide Kunzmann, der alten Health Angels-Braut. Er hat das ganze Wissen Trudis in eine wunderschöne Ode an die alte Frau zusammengefasst.

Anders als geplant und für die alte Heide sicherlich in Ordnung, intoniert die Blaskapelle nach dem letzten gesprochenen Wort des Pfarrers statt „Highway to Hell" den „Hallelujah Chorus" von Georg Friedrich Händel's Messiah, sodass man die vielen Schluchzer der Dorfgemeinde nicht mehr hören kann.

Wiederum kann man sich, wenn man kann, die alte Heide bildlich vorstellen, wie sie barfuß und im lumpigen Nachthemd im Himmel tanzt. Zusammen mit den Dutzenden Health Angels, die vor ihr das Zeitliche gesegnet haben.

Vor dem Friedhof steht übrigens ein schneidiger X6 mit verdunkelten Fensterscheiben. Im Wagen sitzen Anna, Hubert und Lukas und biegen sich vor Lachen bei dem absurden dörfischen Szenario. Um ihren Hals tragen sie bunte Blumenketten aus Polyester als Vorfreude auf ihr neues Leben irgendwo im südlichen Nirgendwo.